古诗词翻译方法心得

——以七言绝句英译为例

心得

张焱 赵丹 著

 吉林出版集团股份有限公司

版权所有 侵权必究

图书在版编目（ＣＩＰ）数据

古诗词翻译方法心得：以七言绝句英译为例 / 张焱，
赵丹著 . -- 长春 : 吉林出版集团股份有限公司，
2022.12（2023.6 重印）
ISBN 978-7-5731-2866-9

Ⅰ . ①古… Ⅱ . ①张… ②赵… Ⅲ . ①古典诗歌—英
语—文学翻译—研究—中国 Ⅳ . ① I207.22 ② H315.9

中国版本图书馆 CIP 数据核字 (2022) 第 234592 号

GUSHICI FANYI FANGFA XINDE YI QIYAN JUEJU YING YI WEI LI
古诗词翻译方法心得——以七言绝句英译为例

作　　者：张　焱 赵　丹
出版策划：崔文辉
责任编辑：姜婷婷
排版设计：王洪义

出　　版：吉林出版集团股份有限公司（www.jlpg.cn）
　　　　　（长春市福祉大路 5788 号，邮政编码：130118）
发　　行：吉林出版集团译文图书经营有限公司
　　　　　（http://shop34896900.taobao.com）
电　　话：总编办 0431-81629909　营销部 0431-81629880/81629881
印　　刷：三河市金兆印刷装订有限公司

开　　本：787mm×1092mm　1/16
印　　张：12
字　　数：258 千字
版　　次：2022 年 12 月第 1 版
印　　次：2023 年 6 月第 2 次印刷
书　　号：ISBN 978-7-5731-2866-9
定　　价：49.00 元

印装错误请与承印厂联系　电话：15901289808

目 录 CONTENTS

白 梅

（元）王冕

冰雪林中著此身，不同桃李混芳尘。

忽然一夜清香发，散作乾坤万里春。

原诗释义

白梅生长在有冰有雪的树林中，傲然开放，不与桃李凡花相混同。忽然间，一夜花开，芳香便散发出来，散作天地间的万里新春。

这是一首"托物言志"之作，诗人以梅喻己，借梅花的高洁来表达自己不与世俗同流合污的高格远志。在具体表现手法中，诗歌将混世芳尘的普通桃李与冰雪林中的白梅对比，从而衬托出梅花的素雅高洁。

译 文

A chilly winter sees white plum grow
in the land covered by ice and snow.
Standing with no peaches by any side
so as to hold its inherent pride.

A full bloom comes abruptly overnight
whose beauty rises and strikes sight.
Perfume sweet diffuses all around and
fragrance stays long and sound.

翻译心得

"冰雪林中"指的是冬天的冰冷天气 the land covered by ice and snow，"著"说的是身在其中。为了避免出现混淆，翻译的时候把"桃李"中的"李"舍弃了。"混芳尘"即为混在一起 standing with no peaches by any side。诗人为了强调对白梅的礼赞，加上了表达因果关系的句子 so as to hold its inherent pride。

"忽然一夜"表明了白梅花开得突然。"散作乾坤万里春"意为花香深远 diffuses all around，余味绵长 stays long and sound。

白云泉

（唐）白居易

天平山上白云泉，云自无心水自闲。

何必奔冲山下去，更添波浪向人间。

原诗释义

　　天平山上有白云泉，天上的白云舒卷自如，山上的泉水从容自得。既然在这里如此闲适，又何必奔冲下山，给原本多事的人间更添波澜呢？

　　《白云泉》是唐代诗人白居易的诗。此诗描绘了一幅线条明快简洁、充满生机活力的淡墨山水图，倾诉了诗人渴望能早日摆脱世俗的淡泊的情怀。该诗采用隐喻手法，平淡浑朴，写景寓志，以云水的逍遥自由比喻恬淡的胸怀与闲适的心情，用泉水激起的自然波浪比喻社会风浪。言浅旨远，意在象外，寄托深厚，理趣盎然。

译　文

There is, on the mountain high,

a spring called Cloud White.

Both cloud and spring idle,

wandering everywhere day and night.

Is it necessary to rush down

the mountain in such a hurry?

To stir up surges

that make life disorder and weary?

翻译心得

　　作者只是要吟诵白云泉，因此"天平山"这个名字并不是很重要，只译出来山就可以了。本诗上下阕各有其意，上阕写自然风景，下阕喻指人间，实际上是在抒发作者自己的人生慨叹。

　　所以下阕的译文中加上 life，就把整首诗的意境表达完全了。

百花原

（唐）李颀

百花原头望京师，黄河水流无已时。

穷秋旷野行人绝，马首东来知是谁。

原诗释义

我站在百花原上，举目遥望京城，只能看见滔滔的黄河水无穷无尽地奔流而去。我所处之地是寸草不生的旷野荒原，四下看不到一个行人，忽然，从我的东方远远地驰来一匹马，会是谁呢？

这首诗主旨是写荒凉，头两句是直接描述处境的荒凉和诗人对京城繁华的向往。后两句以反衬的手法道出空旷的意境，用突然出现的马所带来的惊奇来达到一种蜀犬吠日的效果。

译 文

Into distance I looked to the Capital
on border of a flower-covered plateau.
But only saw the Huanghe river
running ceaselessly forever and slow.

Over the vast barren land
there is no sign of man,
suddenly emerges a horse
on which is a human?

翻译心得

"原"是西北高原上的一种地貌，高而且平，与英语中的 plateau 近似。第二句的"黄河"应该理解为黄色的河水，因为当时并没有"黄河"这个名称。

第三句中的"行人"是泛指，译成man。第四句中的"谁"是特指，译成human。

别董大

（唐）高适

千里黄云白日曛，北风吹雁雪纷纷。

莫愁前路无知己，天下谁人不识君。

原诗释义

千里黄云遮天蔽日，白日里天色昏暗，北风劲吹，白雪纷纷。不要担心前方的路上没有知己，普天之下还有谁不知道您呢？

《别董大》是唐代诗人高适在送别友人著名琴师董庭兰时创作的七绝，堪称千古绝唱，是送别诗中的典范。这首诗描写了高适与董大久别重逢，经过短暂的聚会以后，又各奔他方的场景。作品勾勒了送别时晦暗寒冷的景色，表现了诗人当时处在困顿不达的境遇之中，但没有因此沮丧、沉沦，既表露出诗人对友人远行的依依惜别之情，也展现出诗人豪迈豁达的胸襟。

译 文

Sunset stays faint

under cloud pale and yellow.

Wild geese chirp

while north wind roars with snow.

Don't worry about that

there will be no confidant ahead.

Anyone in this world who

Hasn't heard your name said?

翻译心得

第一句里的"曛"就是昏暗，用 faint 很合适。"北风吹雁雪纷纷"描述的是两个场景：北风怒吼和大雁在雪中纷飞，因此把它们分开翻译，诗意就更加明显了。

后两句是诗人的比兴部分，既是对朋友的安慰，也是对他前途的激励。"前路"用一个 ahead 就可以表述清楚，而"知己"就是 confidant，直译没有问题。最后一句的"天下"就是这个世界，"谁人不识君"是个反问句，翻译的时候采取了对应的形式。为了照顾韵脚，最后一个词本应该是 mentioned，改成了 said。

泊船瓜洲

（宋）王安石

京口瓜洲一水间，钟山只隔数重山。

春风又绿江南岸，明月何时照我还。

原诗释义

京口和瓜洲之间隔着一条长江，钟山与瓜洲只隔着几座山峦。春风又一次吹绿了江南岸边，明月什么时候才能照着我回到家乡？

《泊船瓜洲》是北宋文学家王安石创作的一首七言绝句。写诗人回望居住地钟山，产生依依不舍之情，同时描写了春意盎然的江南景色，再一次强调了对故乡的思念。全诗不仅借景抒情，寓情于景，而且在叙事上也富有情致，境界开阔，格调清新。

译 文

To visit my hometown
I need to cross a river.
And a few mountains
to climb over.

The spring breeze soft and keen,
changed my homeland gentle and green.
When shall the moon clear and bright
bring me back at a cheerful night?

翻译心得

"京口"是奔赴之地，"瓜洲"是故乡。两者之隔，只在一水之间 to cross a river。"钟山"是另一个作为故乡的代指，离这里只隔数重山 a few mountains to climb over。

"绿"在这里是形容词用作动词，但是翻译的时候可以还原为形容词 green。"江南岸"还是指的故乡 my homeland，"照我还"是带我回故乡 bring me back。

泊秦淮

（唐）杜牧

烟笼寒水月笼沙，夜泊秦淮近酒家。

商女不知亡国恨，隔江犹唱后庭花。

原诗释义

　　浩渺寒江之上弥漫着迷蒙的烟雾，皓月的清辉洒在白色沙渚之上，夜晚船只停泊在秦淮河边，临近酒家。卖唱的歌女似乎不知何为亡国之恨，依然在对岸吟唱着《玉树后庭花》。

　　《泊秦淮》是唐代文学家杜牧的诗作。此诗是诗人夜泊秦淮时触景感怀之作，前半段写秦淮夜景，后半段抒发感慨，借陈后主（陈叔宝）因追求荒淫享乐终至亡国的历史，讽刺那些不从中吸取教训而醉生梦死的晚唐统治者，表现了作者对国家命运的无比关怀和深切忧虑之情。全诗寓情于景，意境悲凉，感情深沉含蓄，语言精当锤炼，艺术构思颇具匠心，写景、抒情、叙事有机结合，具有强烈的艺术感染力。

译 文

Mist hanging over chilly river,

on white sand under moonlight cover.

My boat berthed near a bar

where I had drinks to a star.

A girl was heard of singing decadence

seemed enjoying her life of extravagance,

as if unaware of the subjugation

which just took place in her nation.

翻译心得

　　第一句中的"笼"用在雾上，是游荡 hanging over 之意；用在月光上，是覆盖 cover 之意。为了让读者明白"酒家"的确切含义，用了对应的词汇 bar，然后追加了一句 where I had drinks to a star，突显出了诗人的夜不能寐和诗人情怀。

　　下阕诗人通过视觉和听觉来抒发心境，翻译的时候刻意避开了有深刻含义的部分。比如"后庭花"就应该从解释的角度翻译出它的意境，即 singing decadence。而女子之所以还能这样 enjoying her life of extravagance，是因为她对 just took place in her nation 一事的麻木不仁，好像 unaware of the subjugation。

不第后赋菊

（唐）黄巢

待到秋来九月八，我花开后百花杀。

冲天香阵透长安，满城尽带黄金甲。

原诗释义

等到秋天重阳节来临，菊花盛开后，别的花都已凋零。盛开的菊花香气弥漫在整个长安城，遍地都是金黄如盔甲般的菊花。

黄巢的菊花诗，无论意境、形象、语言、手法都使人耳目一新。艺术想象和联想是要受到作者世界观和生活实践的制约的。没有黄巢那样的抱负和性格，就不可能有"我花开后百花杀"这样的奇语和"满城尽带黄金甲"这样的奇想。把菊花和带甲的战士联结在一起，赋予它一种战斗的美，这只能来自战斗的生活实践。"自古英雄尽解诗"，也许正应从这个根本点上去理解吧。

译 文

Let's see what will happen
next autumn when the mums open.
They bloom in such profusion
when other flowers would have fallen.

The fragrance floating very low,
fills town like whirling snow.
Will the whole town shine in my color
as if dressed up in a golden armor.

翻译心得

第一句中的"待到"仔细读来就是"等着瞧"的意思，译成 let's see 是比较形象的，能够充分体现诗人当时的心境。重阳节为九月九，诗人用"九月八"是为了押韵，泛指秋天，直译即可。"我花开"里的"开"指的是盛开 bloom in such profusion，"杀"就是枯萎凋谢 fallen。"百花"译成 other flowers 比较明确。

"冲天香阵"说的是菊花的香气，有自下而上的意思，把它意译成"浓香的雾气低飞"the fragance floatong very low，异曲同工。最后一句用黄金甲来比喻遍地菊花，翻译的时候先照顾到光辉 shine in my color，再照顾到全部 a golden armor，就比较稳妥了。

采莲曲

（唐）白居易

菱叶萦波荷飐风，荷花深处小船通。

逢郎欲语低头笑，碧玉搔头落水中。

原诗释义

　　菱叶在水面飘荡，荷叶在风中摇曳，荷花深处，采莲的小船轻快飞梭。采莲姑娘碰见自己的心上人，想跟他打招呼又怕人笑话，便低头羞涩微笑，一不留神，头上的玉簪掉落水中。

　　这首诗描写的是一位采莲姑娘腼腆的情态和羞涩的心理。诗人抓住人物的神情和细节精心刻画，一个大胆含羞带笑的鲜亮形象宛如就在我们眼前。此诗用乐府旧题写少女欲语低头的羞涩神态，以及搔头落水的细节描写，都自然逼真，意味无穷。

译文

On the surface of lake,

water chestnut leaves sway.

Depth of lotuses appears a canoe tiny,

on which sits a lady naive and pretty.

She is excited and shy and happy

to come across her boy sweetie.

In a panic her clasp of jade drops

and sinks with swishing pops.

翻译心得

　　"菱叶萦波荷飐风"，看上去文字复杂，实际上语法简单。"荷花深处"的意境显然隐秘，用 find 比较贴切。

　　这个"逢"字可以理解为偶然，也可以理解为意料之中。但是女孩儿的情绪遮掩不住，真是 excited and shy and happy。结果慌乱之中，"碧玉搔头落水中"。只要知道这个"搔头"就是簪子，就好译了。

采莲曲

（唐）王昌龄

荷叶罗裙一色裁，芙蓉向脸两边开。
乱入池中看不见，闻歌始觉有人来。

原诗释义

　　采莲少女的绿罗裙融入田田荷叶，浑然一色，少女的脸庞掩映在盛开的荷花间，与荷花相映成趣。混在莲池中看不到踪影，只有听到女孩儿的歌声才觉察到有人。

　　《采莲曲》是唐代诗人王昌龄的七言绝句诗。这首诗描绘了一幅美妙的采莲图，诗人通过描写江南采莲少女的劳动生活和青春的欢乐，赞美采莲女天真烂漫、朝气蓬勃的性格。

译 文

Her skirt green
as leaves of lotus.
Her face pretty
as flowers of lotus.

Her boat disappeared
into the pond of lotus.
Her voice approached
in a song of lotus.

翻译心得

　　这首诗中的"荷叶""芙蓉""池""歌"都和莲花有关，在翻译的时候把这四句的意思都归为 lotus，既显得格式整齐，读起来又韵味十足，美感和艺术性都有很好的表达。

　　第一句中的"一色"指的就是绿色；第二句中的"芙蓉"是用来形容女孩儿的脸，第三句中的"池"指的是荷塘；第四句中的"歌"虽然没有直接联系到莲花，但是在这种天人合一的意境下，很容易让人联想到女孩儿唱的是一首入情入境的咏荷曲。

采莲子

（唐）皇甫松

船动湖光滟滟秋，贪看年少信船流。
无端隔水抛莲子，遥被人知半日羞。

原诗释义

　　湖光秋色，景色宜人，姑娘荡着小船来采莲。她任凭小船随波漂流，原来是为了看到岸上的美少年。姑娘没有原因地抓起一把莲子，向那少年抛过去，猛然觉得被人远远地看到了，因此害羞了半天。

　　此词人物刻画生动形象，风格清新爽朗，音调和谐，和声作用精妙，既有文人诗歌含蓄委婉、细腻华美的特点，又有民歌里那种大胆直率的朴实风格，自然天成，别有情趣，颇见作者纯熟的艺术造诣。

译 文

On autumn lake the pleasant scenery
a girl was to pick the lotus pretty.
To gaze at a boy handsome and bright
she let the boat drift with tide.

In order to gain his attention,
she threw some seeds with intention.
Felt caught in someone's eye,
for a long time she was being shy.

翻译心得

　　第一句主要是描写秋天的景色，翻译的时候没有刻意追求对称，只是做了场景的铺垫，加了一句 a girl was to pick the lotus pretty。第二句进入主题，应该把诗人的意图尽情刻画了。"贪看年少"to gaze at a boy handsome and bright，"信船流"she let the boat drift with tide。

　　第三句的"无端"其实是"故意"with intention，而"隔水抛莲子"的目的就是 to gain his attention。"遥被人知"说的是女孩儿感觉到被人发现了 felt caught in someone's eye。"半日"是长时间 for a long time 的夸张。

成都曲

（唐）张籍

锦江近西烟水绿，新雨山头荔枝熟。
万里桥边多酒家，游人爱向谁家宿。

原诗释义

　　锦江西面烟波浩瀚水碧绿，雨后山坡上荔枝已经成熟。城南万里桥边有许多酒家，来游览的人喜欢在哪家投宿？

　　这是张籍游成都时写的一首七绝，通过描写成都市郊的风物人情和市井繁华景况，表现了诗人对太平生活的向往。因为《成都曲》这首诗不拘平仄，所以用标乐府体的"曲"字示之。

译文

Green and smokey fog and moisture ,
moving to and fro on Jinjiang river.
Ripe leeches are likely to get,
when a new rain is close to set.

Along the ancient bridge over the bank,
many taverns in which to get drunk.
Which one would you choose
to set your mind loose?

翻译心得

　　虽然诗文主旨意在"锦江"，但是它只是一条普通的河流，因此能做抽象处理，不必译出原名。"近西"是模糊的方位，可以模糊处理为动感的 moving to and fro。"烟"是江南风景的特色，既是烟也是雾，因此译成 smokey fog 最为理想。

　　"万里桥"不可能是万里，这里主要形容它的古旧，所以译成 ancient bridge。古代的"酒家"都是小且有特色的所在，是典型的 tavern。但是，既然是酒家，就绝对不是游人"宿"的地方，而是他们 get drunk，to set mind loose 的去处。

城东早春

（唐）杨巨源

诗家清景在新春，绿柳才黄半未匀。
若待上林花似锦，出门俱是看花人。

原诗释义

　　早春的清新景色，正是诗人喜爱的。绿柳枝头嫩叶初萌，鹅黄之色尚未均匀。若是到了京城花开之际，那将满城都是赏花之人。

　　《城东早春》是唐代诗人杨巨源的作品。该作品创作于中唐时期，出自《全唐诗》。此诗抒写作者对早春的热爱之情。构思巧妙，虽只有第二句实写春色，而描写春色又只以柳芽一处而概括早春全景。后半段虽写仲春观花的惯常盛况，实际却更加反衬早春的独特与诗人的慧眼。全诗将清幽、浓艳之景并列而出，对比鲜明，色调明快，堪称佳篇。

译 文

The best time for poem writing
would be a brand new spring,
in which season when every willow
is half green and half yellow.

When the time comes
the flowers bloom and prosper,
there would be people of plenty
appreciating the blossom beauty.

翻译心得

　　第一句的"清景"既是说美好的时光，也是说最好的时光 the best time for poem writing。而"新春"指的是春天刚刚开始的时候 a brand new spring。第二句是对第一句的补充，"绿柳才黄"主要包含两种颜色。虽然是"半未匀"，但是翻译的时候译成 half green and half yellow 仍然可以表达原意。

　　下阕则是转折和对比了。如果错过了上面说的美好时光，即"上林花似锦"the flowers bloom and prosper，那么看到的将是"出门俱是看花人"的热闹场面，这就不适合写诗了。

赤 壁

（唐）杜牧

折戟沉沙铁未销，自将磨洗认前朝。
东风不与周郎便，铜雀春深锁二乔。

原诗释义

一支折断了的铁戟沉没在水底沙中，还没有腐蚀掉，自己经过一番磨洗之后，从依稀的字迹中发现这是当年赤壁之战的遗物。假如老天不赐东风给周瑜，结局恐怕是曹操取胜，周瑜和孙权的妻子"二乔"就被关进铜雀台了。

《赤壁》是唐代诗人杜牧创作的一首七言绝句，诗人即物感兴，托物咏史，点明赤壁之战关系到国家存亡、社稷安危。杜牧在此诗里，通过"铜雀春深"这一富于形象性的词句，以小见大，这正是他在艺术处理上独特的成功之处。另外，此诗不从正面歌颂周瑜的胜利，却从反面假想其失败，把周瑜在赤壁战役中的巨大胜利完全归于偶然的东风，这是很难想象的。他之所以这样写，恐怕用意在于自负知兵，借史事以吐其胸中抑郁不平之气。

译 文

Broken halberd discovered by river,
which was not corroded years after.
Efforts made of being polished,
identified its dynasty perished.

Suppose the general was to find
that east wind was against his mind.
His women should have been taken away
to entertain the king of his enemy.

翻译心得

"沉沙"指的是埋在沙里，by river。"铁未销"里的"销"是腐蚀掉的意思，用了被动态 corroded。"磨洗"是反复地磨，译成 efforts made of being polished 更精准。"认"是辨认出来，译成 indendtified 最好。

后两句"东风不与周郎便，铜雀春深锁二乔"是诗人的感慨，如果不懂当时的历史故事就无法理解。把"周郎"简单译成 the general 更好理解。而 against his mind 的译法能够更好地表达当时的情境，既达意又押韵。

重别李评事

（唐）王昌龄

莫道秋江离别难，舟船明日是长安。
吴姬缓舞留君醉，随意青枫白露寒。

原诗释义

　　不要说这深秋的江上别离让人不舍，明日解缆开船便驶向长安了。吴地的歌女还在为了送你而轻歌曼舞，且不要理会外面青枫白露秋夜凄寒。

　　王昌龄的这首送别诗写得别开生面。告诉李评事不要为了离别而伤感，因为你明天要去的地方是长安，比这里好多了。所以既然是好事，就不要在意外面的清冷是不是应景了。

译　文

It is not that hard
to say goodbye and part.
Getting on boat tomorrow,
heading toward the Capital.

So to get drunk tonight,
girls dance in music light.
let's forget maples cold
outside on frosted road.

翻译心得

　　"莫道"即不用说 not that hard to say，后面接上"离别难"，就是不难的意思。part 这里用作动词，即分别，与上一句译文形成了韵脚。"舟船"也是动词之意，即 getting on boat。"长安"加上冠词译成大写的 Capital，便于理解。

　　"吴姬"即当地的歌女。最后一句比较费解，"随意"意为随他去，不要理会即 let's forget。"青枫白露寒"说的是外面的清冷。

出塞二首（其一）

（唐）王昌龄

秦时明月汉时关，万里长征人未还。

但使龙城飞将在，不教胡马度阴山。

原诗释义

依旧是秦朝时的明月和汉朝时的边关，当年守边御敌的将士鏖战万里未回还。倘若当年的飞将军李广如今还在，绝不会允许匈奴南下度过阴山。

《出塞二首》是唐代诗人王昌龄的一组边塞诗，以平凡的语言，唱出雄浑豁达的主旨，气势流畅，一气呵成。诗人以雄劲的笔触，描写了一场惊心动魄的战斗刚刚结束时的情景，寥寥数笔，生动地描绘了将士们的英雄气概，胜利者的骄傲神态。全诗意境雄浑，格调昂扬，语言凝练明快，对当时的边塞战争生活做了高度的艺术概括，把写景、叙事、抒情与议论紧密结合，在诗里熔铸了丰富复杂的思想感情，使诗的意境雄浑深远，既激动人心，又耐人寻味。

译 文

Under the ancient moon our company,

on same mountain pass we defended enemy.

Never came back our pastime soldiers,

who went chasing miles to kill invaders.

If Weiqing the lion-hearted general

is alive at the moment or eternal,

the knights of Attila he would never allow

to offend us here any moment, anyhow.

翻译心得

前两句主要是讲边关将士守卫国土的历史，这块土地从秦汉时期就有我们守护，曾经有无数将士为了保卫这块土地而前仆后继，献出自己的生命。因为中国的朝代对于外国人来讲是一个很陌生的概念，所以在翻译的时候就没把具体的秦朝和汉朝译出来，而是简单地用了 pastime、ancient 等容易看懂的字眼。

后两句主要是表达边关将士守卫国土的决心。卫青是中国古代赫赫有名的战将，为了更好地让读者理解他的英勇，这里使用了对称的翻译方法，即用著名的英国国王狮心王理查的名字 lion-hearted 来形容卫青，这样做就会使得译文变得透彻易懂。

初夏睡起

（宋）杨万里

梅子流酸溅齿牙，芭蕉分绿上窗纱。
日长睡起无情思，闲看儿童捉柳花。

原诗释义

梅子味道很酸，吃过之后，余酸残留在牙齿之间；芭蕉初长，绿荫映衬到纱窗上。春去夏来，日长人倦，午睡后起来，闲着无事观看儿童戏捉空中飘飞的柳絮。

这是一幅生动的古代《初夏睡起图》，果梅树的梅子，让你看到了都能感觉到牙齿有酸的味道，还有那窗前随风摆动的芭蕉叶子、窗外漫天飞舞的柳絮和远处正在捕捉柳絮的儿童，环境多么优美舒适！动中有静，情趣既悠闲又活泼，让人不由自主地展开了联想。

译文

On my teeth leaves tart flavour
of chewing plums extremely sour.
On the green silk window,
waves Chinese banana's shadow.

Half awake from afternoon nap,
not easy to move my lazy lap,
lifting eyelids heavy and slow,
watching kids chasing catkins of willow.

翻译心得

"梅子流酸"说的是梅子 plums extremely sour 自身带的酸味 tart flavour，"溅"说的是留在"齿牙"之间。芭蕉已经固定译法为 Chinese banana，"分绿上窗纱"on the green silk window。

此处的"日长"就是指夏天，而这里的"睡起"应该是指午睡，即 afternoon nap。"无情思"说的是懒，这里为了照顾韵脚译成了对诗人的描述 not easy to move my lazy lap，读起来也颇有意境。"捉柳花"一般很难，都是在追逐，因此没用 catch，而是用了 chase。

除 夜

（唐）来鹄

事关休戚已成空，万里相思一夜中。

愁到晓鸡声绝后，又将憔悴见春风。

原诗释义

回家相聚的渴望，牵动着我的喜怒哀乐，转眼已成空，整夜里充满了对万里之外家乡的思念。最让人哀愁的是伴着阵阵报晓的鸡鸣，憔悴的我又要沐浴在春风中。

这是一首思乡的诗。本诗的意境类似"每逢佳节倍思亲"，只是把思亲的愁绪进一步细化，写得入情入境，动人心扉。大年除夜本是喜庆团圆之时，可是对于远在异乡、无法回家与亲人团聚的人来说，却是最为痛苦的时刻。诗人把自己的思念之情刻画得绵延无期，让人在读诗的同时感受到了他内心的巨大痛苦。

译 文

Everything, during last year,

gone now, resentful or dear.

In the eve of a new year

all my longings gather.

Missing family is a night-long torment

which tortures me every moment.

Cock crows and morning is here,

with a withered face, I appear.

翻译心得

"事关休戚"everything, resentful or dear, 都是对应的译文，贴切自然。"已成空"译成 gone now, 把诗人的绝望表现得淋漓尽致。"万里相思"即各种盼望 all my longings, "一夜中"in the eve of a new year, 字字凄凉。

"愁"即乡愁，用一个 family 就到位了，再加上一个 torment, 更让人身心疲惫。tortures 一直到"晓鸡声绝后"，把诗人的"憔悴"译成 a withered face, 自然贴切。

除夜作

（唐）高适

旅馆寒灯独不眠，客心何事转凄然。
故乡今夜思千里，霜鬓明朝又一年。

原诗释义

　　我独自在旅馆里躺着，寒冷的灯光照着我，久久难以入眠。是什么事情，让我这个游客倍感凄凉悲伤呢？故乡的人今夜一定在思念远在千里之外的我，我的鬓发已经变得斑白，到了明天又是新的一年。

　　《除夜作》是唐代高适的一首七言绝句。此诗写除夕之夜，游子家人两地相思之情，深思苦调，委曲婉转，感人肺腑。诗词精练含蓄，用语质朴浅近而寓情深微悠远。

译 文

Staring at the lonely lantern,
I stay awake in a chilly tavern.
My mood and heart sadden
all of a sudden but of no reason.

My hometown thousands miles away,
comes to mind for moment temporary,
which reminds me that tomorrow
would bring a year of new sorrow.

翻译心得

　　"旅馆寒灯"可以解释为人看灯，也可以解释为灯照人。这里在翻译的时候取的是前者，这样也可以和后面的"独不眠"形成逻辑呼应。需要说明的是，这里的旅馆只是小客栈，译成 tavern 是比较恰当的。第二句中的"客心"仍然说的是诗人自己，其中的"何事"应该是"不知为何"之意，译成 all of a sudden but of no reason 比较合乎原意。

　　后两句形式上是对偶句，但是比较费解。不过一旦进入角色，理解了诗人当时的心境，就好翻译了。"故乡今夜思千里"说的是想家，"霜鬓明朝又一年"，诗意切中了无数求取功名人的心思，即 a year of new sorrow。

滁州西涧

（唐）韦应物

独怜幽草涧边生，上有黄鹂深树鸣。
春潮带雨晚来急，野渡无人舟自横。

原诗释义

唯独喜爱生长在山涧边幽谷里的青草，还有树丛里黄鹂婉转的鸣唱。可是每到春天，晚上经常会有阵阵急雨形成春潮，原来的渡口因为水流湍急而无法横渡，原来用于摆渡的小舟也只能闲放在那里，无人问津了。

《滁州西涧》是唐代诗人韦应物的一首写景七绝。作者任滁州刺史时，游览至滁州西涧，写下了这首小诗。此诗写的虽然是平常的景物，但经诗人的点染，却成了一幅意境幽深的有韵之画，还蕴含了诗人一种不在其位、不得其用的无奈与忧伤情怀。

译文

Only love the grass in the valley,
I took a long and joyful break.
By the creek grows deep jungle,
where songs of birds mingle.

But storms at night
brings rapid flood tide,
the ferry hollow
and the boat idle.

翻译心得

山涧旁幽谷里的青草，这里的幽强调的应该是深，因此译成 the grass in the valley 应该更符合诗人表述的情境。而生在山涧斜坡的草丛中的树绝不会是参天大树，只能是灌木或者树丛，译成 jungle 比较贴切，还能够更好地表现出诗人所要表达的深树的意境。

本诗的下阕是诗人的比兴之处。表面看是雨水横流造成山涧涨水，往日摆渡用的小舟都没人能用，只能闲置在那里。实际上诗人是在比喻自己目前的处境。但是这种一语双关的比兴手法是翻译中最难处理的，为了不失去该诗的初意，只好照翻原诗的字面意思了。

春　日

（宋）朱熹

胜日寻芳泗水滨，无边光景一时新。
等闲识得东风面，万紫千红总是春。

原诗释义

　　这一天风和日丽，我在泗水河畔游春赏花，这无边无际的风光焕然一新。很容易就能看出春天的面貌，万紫千红，到处都是春天的景致。

　　《春日》是宋代著名理学家朱熹所作。诗中描述了在一个春光明媚的美好日子，诗人来到泗水河边观花赏草，发现无边无际的风光景物一时间都焕然一新，无论在什么地方都可以看出春天的面貌。春风吹得百花开放、万紫千红，到处都是春天的景色。这首诗表面上是写游春观感，其实是一首寓理趣于形象之中的哲理诗。

译　文

In a fine day, along the river,
I looked for daisy flowers.
Boundless landscape in fact
took on a completely new aspect.

Everyone enjoys the spring
the cozy warmth breezes bring,
when flowers red and purple
bloom everywhere in pile.

翻译心得

　　"胜日"即天气晴好的日子，译成 a fine day 就可以了。"寻芳"实际上就是赏花，这里为了渲染花色繁多，加上了一个 daisy。"泗水"就是一条河，为了减少歧义，没有译出具体名字。"一时新"的意思就是焕然一新，这个成语有固定的译法 took on a completely new aspect。

　　"等闲"在这里的意思是非常容易。"东风"即暖风，给大家带来融融暖意，令人陶醉，因此译成 enjoys。"万紫千红"也是成语，译法固定了，直接采纳。

春 宵

（宋）苏轼

春宵一刻值千金，花有清香月有阴。

歌管楼台声细细，秋千院落夜沉沉。

原诗释义

　　春天的夜晚，即便是极短的时间也十分珍贵，花儿散发着缕缕清香，月光在花下投射出朦胧的阴影。楼台深处，富贵人家还在轻歌曼舞，那轻轻的歌声和管乐声还不时地弥散于醉人的夜色中，夜已经很深了，挂着秋千的庭院已是一片寂静。

　　该诗明白如画却又立意深沉。作者在冷静自然的描写中，含蓄委婉地透露出对醉生梦死、贪图享乐、不惜光阴的人的深深谴责。诗句华美而含蓄，耐人寻味。特别是"春宵一刻值千金"，成了千古传诵的名句，人们常常用来形容良辰美景的短暂和宝贵。

译 文

Any moment of night in springs
worth lots of gold shillings.
Fragrance pervaded from flowers,
shadows dreamy in moonlight showers.

Music and dance enchanted faraway
in the home of a rich family,
describes the silence of night,
swings idle, yard bright.

翻译心得

　　"春宵一刻值千金"这句话一般用来形容新婚之夜的欢乐，但这是该句后来产生的衍生意义，在这首诗里它指的是美好的春天的夜晚。为了照顾韵脚，把"千金"译成 lots of gold shillings，可以说是勉为其难，但是效果也很好。翻译第二句时，为了渲染香气的氛围，在把"花"译成复数形式的前提下又加了一个 pervaded，给人一种置身花海中的美妙感觉。

　　第三句后面的"声细细"，说的就是夜空中传来遥远之处的、隐隐约约的歌舞娱乐之声。为了表达准确，使用了 faraway，既有意境又形成了合适的韵脚。最后一句里，为了突出安静这一主题，在"秋千"这个词的后面加了一个 idle，更好地衬托出了庭院里的安静。

春 雪

（唐）韩愈

新年都未有芳华，二月初惊见草芽。

白雪却嫌春色晚，故穿庭树作飞花。

原诗释义

新年都已来到，还看不到芬芳的鲜花，到了二月初，才惊喜地发现有小草冒出了新芽。白雪却嫌春色来得太晚了，有意化作花儿在庭院的树木间穿飞。

《春雪》是唐代诗人韩愈创作的一首七言绝句。这首诗构思新颖，联想奇妙。首句写人们在漫漫寒冬中久盼春色的焦急心情。一个"都"字，透露出这种急切的心情。第二句中，"惊"字最宜玩味，它写出了人们在焦急的期待中终于见到"春色"萌芽而新奇、惊讶、欣喜的神情，十分传神。诗句表达了这样一种感情：虽然春色姗姗来迟，但毕竟就要来了。三、四句表面是说有雪无花，实际是说白雪比人更等不及。这实际上是诗人在表达对春天的期盼，富有浓烈的浪漫主义色彩。

译 文

Even the time of a new year
flowers are not seen here.
February finds shoots of grass,
a surprising wonder, alas!

Too late arrival the spring makes,
complaining the white snowflakes.
Who, between the trees fly,
to be taken as flowers bright.

翻译心得

前两句说的是雪花的态度。第一句中的"都"有"即使……也……"之意，因此译成了 even 引导的句子。"芳华"即 flowers。第二句在翻译"惊"字的时候用了英语的感叹词 alas，显得贴切。

后两句说的是雪花的行动。把"春色晚"译成口语式的抱怨，然后引发了下面的动作"穿庭树"between the trees fly，"作飞花"to be taken as flowers bright。

春夜洛城闻笛

（唐）李白

谁家玉笛暗飞声，散入春风满洛城。

此夜曲中闻折柳，何人不起故园情。

原诗释义

是谁家飘出阵阵悠扬的玉笛声？这笛声融入春风中，飘满洛阳古城。在今夜听到《折杨柳》的乐曲，谁又能不生出怀恋故乡的深情？

《春夜洛城闻笛》是唐代诗人李白创作的一首诗。此诗抒发了作者客居洛阳夜深人静之时被笛声引起的思乡之情，前两句描写笛声随春风而传遍洛阳城，后两句写因闻笛而思乡。全诗紧扣一个"闻"字，抒写自己闻笛的感受，合理运用想象和夸张，条理通畅，感情真挚，余韵无穷。

译 文

From which pavilion in the pond,
does the flute make faint sound?
The melody extends all over town
with the spring wind that has gone.

A well-known Breaking Willow,
the music tonight so sentimental,
arouses nostalgia straightaway,
homesick, at where they stay.

翻译心得

第一句中的"谁家"显然是指富贵之家，译文中加入亭台与池塘 pavilion in the pond，既照顾了韵脚，又表明了原诗意境。"暗飞声"的意思即隐隐约约，翻译成 faint。第二句的"散入春风"实际上就是随风飘荡，而"满"字指的就是遍及，译成 extends all over town。

"折柳"在这里指古代一首著名的送别曲《折杨柳》，这里做专有名词处理，首字母大写。最后一句把原诗的疑问形态改成了陈述形态，有直抒胸臆之效。

春游湖

（宋）徐俯

双飞燕子几时回？夹岸桃花蘸水开。

春雨断桥人不渡，小舟撑出柳阴来。

原诗释义

一对对燕子，你们什么时候飞回来的？小河两岸的桃树枝条碰到水，鲜红的桃花已经开放。下了几天雨，河水涨起来淹没了桥面，人不能过河，正在这时候，一只小船从柳荫下缓缓驶出。

《春游湖》是宋代诗人徐俯的一首七言绝句。该诗通过燕子归来、桃花盛开描绘出春日湖光美景，通过春雨断桥、小舟摆渡来突出湖水上涨的特点。这首诗后两句尤为著名，由桥断而见水涨，由舟小而见湖宽，充分体现了中国诗歌艺术的两个重要审美特点：一是写景在秀丽之外须有幽淡之致，桃花开、燕双飞，固然明媚，但无断桥，便少了逸趣；二是以实写虚，虚实相生，小舟撑出"柳阴"，满湖春色已全然托出。

译 文

When came back the twin swallows
flying in and out my home windows?
Peach blossom along the river
bloom while dipping into water.

Spring rain gets the river swollen,
leaving the only bridge broken.
But alas!
I see a little canoe row
out of the shade of willow.

翻译心得

第一句中的"双飞燕子"应该是 the twin flying swallows，这里为了形成韵脚，把 flying 放到下一行，并加上一个 home windows，陡然增添了几分生气。"夹岸桃花"指的是桃花开满了两岸，这里很难用英语表达出来"夹"，只好用以复数形式翻译河岸的方法，让读者在品味中理解。"蘸"字用得活灵活现，为了显示其活泼特性，没有使用复数，单数的动作应该更具代表性。

第三句"春雨断桥人不渡"强调的是春雨太大，用了 swollen 这个词，显得生机勃勃，有动感。最后一句"小舟撑出柳阴来"表达的是诗人的惊喜，因此用了英语中表示吃惊的叹词 alas。

从军行七首（其四）

（唐）王昌龄

青海长云暗雪山，孤城遥望玉门关。
黄沙百战穿金甲，不破楼兰终不还。

原诗释义

　　青海湖上的漫漫云雾，遮得连绵雪山一片黯淡，边塞古城，玉门雄关，远隔千里，遥遥相望。黄沙万里，频繁的战斗磨穿了守边将士身上的铠甲，而他们壮志不灭，不打败进犯之敌，誓不返回家乡。

　　王昌龄总共写了七首《从军行》，本诗是第四首。这首诗表述的是边关将士杀敌立功、守护疆土的雄心壮志。诗人将壮阔的塞外风光同将士的壮志豪情结合在一起，气魄豪壮，风格雄浑。尤其是后两句"黄沙百战穿金甲，不破楼兰终不还"，更是经常被后人用来比喻保家卫国的勇士的豪迈情怀和冲天气概。

译　文

In Qinghai the territory boundary,
dark clouds casts the mountains snowy.
The border pass solitary,
a distance from Yumen far away.

Countless battles in the desert,
left armors worn and full of dirt.
But the soldiers won't return
until foes in definitely extinction.

翻译心得

　　青海是中国地名，为了说明其性质，后面加了 the territory boundary。原诗中的"暗"是名词动用，这里译成形容词 dark，同效。下面对"玉门关"的处理也和青海一样，后面加了属性说明。这里的"遥望"突出了两者距离之远，用了 far away。

　　"穿"在这里的意思是磨穿。后面为了表述征战之苦，也为了制造合理的韵脚，增加了 full of dirt。"还"，即返回家乡，可以译成 go home，也可以译成 return。"楼兰"是古代地名，直译出来容易造成误解，因此最后一句采用了意译手法，译成了"直到把敌人彻底消灭"。虽然气势上弱了一些，但是能够把诗人的意图讲清楚。

村 居

（清）高鼎

草长莺飞二月天，拂堤杨柳醉春烟。

儿童散学归来早，忙趁东风放纸鸢。

原诗释义

阴历二月，小草在生长，黄莺飞来飞去，在醉人的春烟里，岸边的杨柳披着长长的绿枝条随风摆动，轻轻地拂过堤岸。孩子们放了学都早早跑回家，急忙趁着东风把风筝放上蓝天。

《村居》是由清代诗人高鼎晚年归隐于上饶地区，闲居农村时所写的一首七言绝句，描写了诗人居住在乡村时因春天来临而喜悦，所见到的春天景象和孩子们放学后放风筝的情景。

译 文

In February the spring,
grasses grow and orioles sing.
Willows flipping dyke
enjoying spring mist alike.

Kids are home already,
for being dismissed early.
Busy flying the paper kite
while the wind blows right.

翻译心得

第一句中把"莺飞"译成 orioles sing，是为了与上面的半句形成韵脚。"春烟"是古诗词中常用来修饰春色的，实际说的是迷迷蒙蒙的春雾，因此选用 mist 这个词比较恰当。

第三句"儿童散学归来早"，用 for 来引导了一个因果状语。第四句中的"忙"用得活灵活现，写出了儿童急于去放风筝的快乐，译成 busy doing 句式最好。"趁东风"是因为东风刮得好，用 blows right 合适。

村 晚

（宋）雷震

草满池塘水满陂，山衔落日浸寒漪。

牧童归去横牛背，短笛无腔信口吹。

原诗释义

　　绿草长满了池塘，池塘里的水很满，几乎溢出了塘岸。远远的青山衔着落日，一起把影子浸在寒冷的水中。牧童横坐在牛背上，拿着一支短笛随口吹着，没有固定的曲调。

　　《村晚》是一首描写农村晚景的诗，形象描绘了饶有生活情趣的农村晚景图，抒发了作者对乡村晚景的喜爱和赞美之情。

译 文

The over-flowing pond
full of weeds idle,
reflecting the sunset
in its cool ripple.

On the cow back
rides a village boy,
a flute blowing
of no tunes but joy.

翻译心得

　　在翻译第一句里的"草"时，后面加了形容词 idle，主要是为了照顾韵脚。"陂"指的是池塘的围岸，诗中说里面的水满了，译成 over-flowing。第二句里的"山衔落日"是汉语里的灵活运用，译成英语只能是 sunset，否则就会产生理解困难。"浸寒漪"指的是落日的倒影映在池塘的涟漪中。

　　如果把"牧童"译成 cowboy，就会给读者一个西部牛仔的粗犷印象，整首诗的意境就被破坏了，因此用 a village boy 更好。吹笛子应该译成 to play a flute，但是这首诗里描述的是一个不会吹笛子的孩子在随口吹笛子，因此用 blow 更能说明是"信口吹"。"无腔"在这里的意思是不成调，但是我们能读出来其中的欢乐，因此加上了 joy。

村 夜

（唐）白居易

霜草苍苍虫切切，村南村北行人绝。

独出前门望野田，月明荞麦花如雪。

原诗释义

　　在一片被寒霜打过的灰白色的秋草中，小虫在窃窃私语，山村周围行人绝迹。我独自来到前门眺望田野，只见皎洁的月光照着一望无际的荞麦田，满地的荞麦花就像耀眼的白雪。

　　《村夜》是唐代诗人白居易的一首七言绝句。这首诗以白描手法写出了一个常见的乡村之夜。诗人匠心独运地借自然景物的变换写出人物感情的变化，写来是那么灵活自如，不着痕迹，而且写得朴实无华、浑然天成，读来亲切动人，余味无穷。

译 文

Under frost the bugs whisper,
and yellow grass shiver.
Village night amid the mountain
walks no one pedestrian.

Front door opened mild,
I look into the field wild——
bright moon shinning, and
buckle wheat flowers dazzling.

翻译心得

　　"霜草"不是并列关系，但是"草"和"虫"是并列关系，所以在翻译的时候用 whisper 和 shiver 两个韵脚把这种关系予以体现。"村南村北"指的是整个村子里，翻译的时候加了成分，渲染了意境。"行人绝"是因为夜深了。

　　后两句是诗人自己的动作 front door opened mild, I look into the field wild，通过自己的观察来发现世界。"独出前门望野田，月明荞麦花如雪"是一种纯自然的描述，不用添加成分，以免画蛇添足。

大林寺桃花

（唐）白居易

人间四月芳菲尽，山寺桃花始盛开。

长恨春归无觅处，不知转入此中来。

原诗释义

在四月的时候，各种花基本就都谢了，没想到深山里寺院之中的桃花才刚刚开放。常常为春天逝去得太快而无处寻找惋惜不已，没想到这浓浓的春意居然转到这深山古寺之中来了。

《大林寺桃花》是唐代诗人白居易的一首七言绝句，据传为作者初夏时节在江州（今九江）庐山上大林寺时即景吟成。白居易将自然界的春光描写得生动具体、天真可爱、活灵活现，这也正是该诗的妙处所在。该诗立意新颖，构思灵巧，而戏语雅趣，又复启人神思，惹人喜爱，可谓唐人绝句小诗中的珍品。

译 文

Spring parts in April each year,
when flowers fade and wither.
But peaches bloom on the mountain
in this monastery garden.

Always in a despondent mind
for nowhere the spring to find.
To my sure amazement
it makes here new settlement.

翻译心得

"芳菲"指的是各种各样的花朵，这里泛指春色，翻译的时候名词对应用flowers，动词则采用 fade and wither，用来形容春色褪去。加上 spring parts 来说明春色消逝的原因，便于理解。"山寺"分解为山上的寺院，能够更明确作者当时的地理位置。

第三句中的"恨"实际上说的是作者对春归难觅的惋惜心情，不是仇恨，因此不能译成 hate。最后一句中的"不知"不是不知道，而是"出乎意料"之意。因此翻译的时候可用 to my sure amazement 表达惊喜。

登飞来峰

（宋）王安石

飞来山上千寻塔，闻说鸡鸣见日升。
不畏浮云遮望眼，自缘身在最高层。

原诗释义

飞来峰顶有座高高的塔，听说每天鸡鸣时分在这里可以看见旭日升起。根本不用担心层层浮云会遮住远眺的视线，只因为我站在最高层。

《登飞来峰》是北宋文学家、政治家王安石创作的一首七言绝句。诗中借景抒情，既有生动的形象又有深刻的哲理。古人常有浮云蔽日、邪臣蔽贤的忧虑，而诗人却加上"不畏"二字，表现了诗人在政治上高瞻远瞩，不畏奸邪的勇气和决心。

译 文

There, on top of Feilai Mountain,
is a high tower ancient.
It sees the earliest sun–rising
as the cock makes first singing.

Even the clouds thick and tight
wouldn't block people's sight.
For, in this place, so to speak,
is on the world's peak.

翻译心得

这首诗里的"飞来峰"是特指，因此不能用 mountain 来代替。这里的日出一定是一天之中能看到的最早的日出，所以加了 earliest 来形容。"鸡鸣"在英语里有一个对应的词叫 crow，但是这里为了照顾韵脚，用了 singing。

原诗的"浮云"被翻译成 cloulds think and tight，与句首用的 even 相关联，会产生强烈的对比效果。原诗的"遮"在翻译的时候处理为 block，而"望眼"即远眺的视线，译成 sight，就可以形成好的韵脚。用 peak 一词翻译"最高层"比较恰当，加上一个词组 so to speak，叙述化意境明显，通俗易懂。

登科后

（唐）孟郊

昔日龌龊不足夸，今朝放荡思无涯。

春风得意马蹄疾，一日看尽长安花。

原诗释义

以往在生活上的困顿与思想上的局促不安再也不值得一提，今朝金榜题名，郁结的闷气已如风吹云散，心中有说不尽的畅快。迎着浩荡春风策马奔驰，好像一天就可以把长安的遍地繁花看完。

《登科后》是唐代诗人孟郊进士及第时作的一首七绝。此诗将作者过去失意落魄的处境和现今考取功名的得意情境进行对比，突现今朝跃入新天地时的思绪沸腾，表现出极度欢快的心情。全诗节奏轻快，一气呵成，别具一格。

译 文

No longer mention the past day
when time was dirty and filthy.
I passed the examination today
and will be noble and wealthy.

Complacent with success and happy,
I ride on horse fast and cozy.
Flowers fly by unconsciously
I passed them all in one day.

翻译心得

"昔日"指的是科举之前的日子，诗人说是"龌龊"，可以直接翻译 dirty and filthy。"不足夸"就是不值一提，译成 no longer mention 还是比较恰当的。"今朝放荡思无涯"整句表达的是诗人对今后的美好向往，考中了举人，意味着取得功名。

"春风得意马蹄疾"中的核心字就是"疾"，这里不仅仅是快，而且是心情极度放松状态下的轻快，因此不仅翻译为 fast，还要加上一个 cozy，更为精妙。最后一句"一日看尽长安花"其实不是看，可以说是过眼云烟。

登乐游原

（唐）杜牧

长空澹澹孤鸟没，万古销沉向此中。

看取汉家何事业，五陵无树起秋风。

原诗释义

天空广阔无边，鸟儿消失天际，古时的遗迹消失在这荒废的乐游原里。请看那昔日的汉王朝何等壮阔的事业，如今的五陵原上树都没有了，只有秋风呼啸。

此诗寓情于景，情景交融，体现了诗人对物是人非、昔盛今衰的感慨之情，对执政者的劝勉忠告。诗人在此展示了永恒的宇宙对有限的人事的销蚀，深感人世盛衰、兴亡迭代、终在无限的宇宙中归于寂灭，可见诗人感慨之深。

译 文

In boundless blue sky,

a bird flies out of sight.

Ruins symbolizing history

on this land tells story.

The once grand glory

of splendid Han dynasty,

left not even a tree

to evoke its memory.

翻译心得

"澹澹"这里指的是无边无际，译成 boundless blue sky。"孤鸟没"是鸟儿飞得远了，在视线中消失了 out of sight。"万古"即各种古代遗迹，"此中"指的是诗人所处的乐游原。这里使用了意译和加译两种方法。

"看取汉家何事业"是感叹，与下一句"五陵无树起秋风"形成强烈反差，慨叹历史兴衰。翻译的时候在词汇选择上也做了相应处理，前面有 grand 和 splendid，后面则是 not even。

东栏梨花

（宋）苏轼

梨花淡白柳深青，柳絮飞时花满城。

惆怅东栏一株雪，人生看得几清明。

原诗释义

　　梨花盛开，颜色淡白，柳树郁郁葱葱，整个城里柳絮飘飞的时候，也是梨花开满城的时节。我心绪惆怅，如东栏那株白如雪的梨花，居俗世而自清，又有几人能看清这纷杂的人生？

　　《东栏梨花》为北宋诗人苏轼所作七言绝句。该诗看似平淡，但作为古今以来写梨花诗篇的代表作，传诵至今。诗人通过该诗感叹春光易逝、人生短促，也抒发了诗人淡看人生，从失意中得到解脱的思想感情，让人们感受到了"人生苦短"，引人深思。

译 文

Pear flowers white and pale,

dark and green, branches of willow.

Catkins flying all around,

flowers seen everywhere in town.

A tree of pear flowers white as snow,

as if blooming full of sorrow.

"Life is too short," people sigh,

"Few times to enjoy this snow–white!"

翻译心得

　　第一句属于写景的平铺直叙，只需对应翻译即可。"梨花"pear flower，"淡白"white and pale，"柳"willow，"深青"darkand green。第二句是对第一句的景致延展。"柳絮飞时"catkins flying all around，"花满城" seen everywhere in town。

　　下阕诗人开始感叹，"惆怅"就是在感叹，即 sigh。"东栏"只是一个泛泛的方位，不用译出。但是译出 very close to me 就能够说明这"一株雪"this snow–white 的位置了。

冬夜读书示子聿

（宋）陆游

古人学问无遗力，少壮工夫老始成。

纸上得来终觉浅，绝知此事要躬行。

原诗释义

　　古人做学问总是竭尽全力的，年轻时肯下功夫，到老年才能有所成就。书本上得来的知识毕竟有限，要透彻地认识事物还必须亲身实践。

　　这是南宋著名诗人陆游的一首哲理诗。其内容饱含了对子女的殷切期望，也体现了诗人深邃的教育思想，整首诗读起来朗朗上口，意境深远。陆游通过对儿子子聿的教育，告诉人们做学问一定要有孜孜不倦、持之以恒的精神。一个既有书本知识，又有实践精神的人，才是真正有学问的人。

译　文

When engaged in a profound study,
our fathers worked to the best of ability.
From youth they concentrated efforts
until old did they become experts.

What we have learned are shallow
for knowledge in books are superficial.
A world to penetrate and understand
leaves mass personal practice firsthand.

翻译心得

　　"古人"在这里指的是我们的先贤，译成 our fathers 显得尊重。"学问"就是做学问，英语里有相应的词组 a profound study。"无遗力"即全身心投入，work to the best of ability 也是现成的词组。"工夫"指的是下功夫，英语译成 concentrate efforts。"老始成"说的是到了老年才会成名，这里为了照顾韵脚译成了 become experts，略显牵强。

　　"纸上"就是书本上，与实践相比，任何书本知识都显得肤浅，所以这里用了 shallow。"绝知"即透彻领悟，而"此事"在这里不是单指某个事情，而是泛指这世界上的一切事物，因此译成了 a world to penetrate and understand。"躬行"即亲身实践，译成 personal practice firsthand。

端 居

（唐）李商隐

远书归梦两悠悠，只有空床敌素秋。

阶下青苔与红树，雨中寥落月中愁。

原诗释义

妻子从远方的来信很久都没有收到了，寻觅归梦慰藉不成，只有空荡荡的床榻与寂寥清冷的素秋默默相对。台阶下的青苔和树上飘零的红叶，在秋雨中显得格外凄凉孤单，在月色中散发出愁人的气息。

《端居》是唐代诗人李商隐身处异乡时创作的一首诗，是作者滞留异乡、思念妻子之作。全诗四句二十八字，主要表达作者思念家乡亲人的感情。该诗的描写，营造出了冷寂、凄清的氛围，表达了悲愁、孤寂和思亲的情感。此诗借景抒情，格律工整，具有一种回环流动之美。

译 文

Home letters and home returning
are both melancholy disappointing.
That empty bed on the floor
is my sole company to face fall.

Dark moss under stairway,
lonely in the drizzle of chill;
yellow leaves on old tree,
shaking in moonlight of sorrow.

翻译心得

头两句语意明显，可以对称翻译。"远书"home letters，"归梦"home returning，"两悠悠"both melancholy disappointing，"只有空床"empty bed on the floor，"敌素秋"to face fall。

后两句看似写景，实际上是表达诗人的心境。其实际排列应该是"阶下青苔""雨中寥落"，"红树""月中愁"。翻译的时候对主谓搭配做了调整。

端 午

（唐）文秀

节分端午自谁言，万古传闻为屈原。

堪笑楚江空渺渺，不能洗得直臣冤。

原诗释义

　　端午节是从什么时候开始的，又是为谁设立的呢？民间传说是为了纪念屈原。可笑即使这么浩荡的江水，竟然不能为这个耿直之士洗白冤屈。

　　端午节是阴历五月初五，相传这一天是我国古代爱国诗人屈原投江自尽的日子。后人因为感怀其冤屈，沿袭了以吃粽子和赛龙舟为风俗的节日纪念活动。但是诗人在这首诗中表明了一个独特的思考层面：这么多人每年浩浩荡荡地纪念屈原，可是屈原的冤情却一直没能够洗净。这是谁的责任呢？

译 文

When did the Dragon Boat festival
start, and what was it for?
In memory of Qu Yuan—
an ancient poet, says the folklore.

Standing by the river so vast,
I felt ridiculous in my heart:
Such a broad is river can tolerate,
not to whitewash the wrongs over a poet?

翻译心得

　　头两句是诗人的自问自答。"端午"在英文中已经有了约定俗成的译法 the Dragon Boat festival，可以直接取用。只是"屈原"需要加上一点解释 an ancient poet，好让读者知道这个典故的由来。

　　前面的历史回顾为后面的感慨形成了铺垫。"堪笑"指的是"让人觉得不可思议"，即 felt ridiculous in my heart。"空渺渺"即这么浩渺 so vast，因为"不能洗得直臣冤"can tolerate, not to whitewash the wrongs over a poet。

峨眉山月歌

（唐）李白

峨眉山月半轮秋，影入平羌江水流。

夜发清溪向三峡，思君不见下渝州。

原诗释义

　　高峻的峨眉山上悬挂着半轮秋月，流动的平羌江上倒映着月影。夜间乘船出发，离开清溪直奔三峡，想你却难相见，只能恋恋不舍地顺江去向渝州。

　　《峨眉山月歌》是李白的诗作。这是李白初次出四川时创作的一首依恋家乡山水的诗，全诗连用五个地名，通过山月和江水展现了一幅千里蜀江行旅图，语言自然流畅，构思新颖精巧，意境清朗秀美，充分显示了青年李白的艺术天赋。

译　文

There, over the Emei Mountain
hangs a half autumn moon,
whose shadow distinctly seen
in the river quiet and clean.

Boarding on a ship
on The Three Gorges trip.
No more seeing this moon anyway,
I boated away with much pity.

翻译心得

　　"峨眉山"已经有了约定俗成的译法 Emei Mountain，可以直接取用。"半轮秋"好译 a half autumn moon。下一句的处理方法和这句一样，加上 quiet and clean 就把河流表述得生动了。

　　后半部分诗人写的是情感，但是并没有表明情感的缘由，因此译起来比较唐突。译成 boated away 能够表现出诗人的惆怅。

废圃蜀葵盛开，偶成七绝

（清）王润生

年年废圃我葵放，浅紫深红艳若何。

一丈高枝花百朵，被人嫌处只缘多。

原诗释义

每年这个时候，我的废弃的花圃里都有蜀葵开放，花色纷繁，色彩艳丽，光彩照人。蜀葵花枝很高，而且一枝上面就有很多花朵，这也正是让别的花心生嫉妒的地方。

王润生，字慰三，号友红，著有《拙好轩诗稿》《五代史乐府》《懒宜巢文草》《著余杂谈》等。此诗借物咏志，在描述蜀葵花朵灿烂的同时，把它为其他花朵所嫉妒的原因予以说明，让人读来心有彻悟。

译 文

Every year when blossom fall
will bloom the hollyhock.
A flower rich and colorful
some red, some purple.

On each branch single
flowers exuberant and plentiful,
which brings envy
of a great deal.

翻译心得

"废圃"实际上是用来映衬蜀葵开放时节的与众不同，这里用 when 和倒装句式翻译，显得结构紧凑，效果更好。"浅紫深红"指的是花开艳丽，用两个 some 比用一个 some 和一个 others 更明白。

后两句借用花的遭人嫉妒来比喻人世间的险恶，envy 比 jealousy 更透彻。

蜂

（唐）罗隐

不论平地与山尖，无限风光尽被占。

采得百花成蜜后，为谁辛苦为谁甜？

原诗释义

不管是在平原还是在山峰，美好的风景都被蜜蜂们占领。它们采集百花酿成蜂蜜后，到头来是在为谁忙碌，又为谁制造甜蜜呢？

这首诗是唐代著名诗人罗隐所作。该诗以蜜蜂为比喻，表达了对辛勤耕作的劳动者的赞美和对不劳而获者的痛恨和不满。蜂与蝶在诗人词客笔下就是风韵的象征。然而小蜜蜂毕竟与花蝴蝶不同，它是为酿蜜而劳苦一生，积累甚多而享受甚少。诗人罗隐着眼于这一点，写出这样一则诗的"动物故事"，仅其命意就令人耳目一新。

译 文

On ground flat or
mountains high,
among the flowers
the bees fly.

In and out of flowers
sweet honey it gathers.
But who is to enjoy their gains,
for which they took so much pains?

翻译心得

用了英语的一个简单词汇 or，就可以把原诗的"不论"表达出来。所谓的"无限风光"就是花开之处。

"采得百花成蜜后"实际说的就是采蜜，英语是 gather honey。"为谁辛苦为谁甜"慨叹的是为别人获取享乐用品 enjoy their gains。

枫桥夜泊

（唐）张继

月落乌啼霜满天，江枫渔火对愁眠。
姑苏城外寒山寺，夜半钟声到客船。

原诗释义

　　月亮已然垂落，乌鸦啼叫，寒霜满天，我独自一人对着江边的枫树和渔船上的灯火，愁闷得无法入睡。而恰在此时，姑苏城外寒山寺里的阵阵钟声传到了我乘坐的小船。

　　《枫桥夜泊》是唐朝安史之乱后，诗人张继途经寒山寺时，写下的一首羁旅诗。在这首诗中，诗人精确而细腻地讲述了一个客船夜泊者对江南深秋夜景的观察和感受，全诗有景、有情、有声、有色，将作者羁旅之思、家国之忧，以及身处乱世尚无归宿的顾虑充分地表现了出来，是写愁的代表作。

译 文

Under faint moon ravens crow,
While frost pervading slow.
Watching fishing fire by maple
I fall asleep in deep sorrow.

From old temple
outside town,
striking my boat
the bell sound

翻译心得

　　"月落"在这里也有月色昏暗之意，因此译成 faint moon。"霜满天"强调的是弥漫的过程，因此翻译成动态的 pervading。第二句"江枫渔火对愁眠"的几个位置要翻译清楚：诗人睡觉的船就在岸边一棵枫树之下，是 by maple。他看着江上的渔火 watching fishing fire，在愁绪中无法入眠 fall asleep in deep sorrow。

　　为了让读者更好地理解诗意，译文中故意隐去了"姑苏"和"寒山"，并特意把"寺"译成 old temple，深化了意境。"到客船"译成 striking my boat 更有动感。

逢入京使

（唐）岑参

故园东望路漫漫，双袖龙钟泪不干。

马上相逢无纸笔，凭君传语报平安。

原诗释义

回望东边的家乡长安城长路漫漫，思乡之泪怎么也擦不干，以至于把两支袖子都擦湿了。在赶赴安西的途中，遇到作为入京使者的故人，正好托故人带封平安家信回去，可偏偏又无纸笔，只好托故人带个口信，报个平安。

《逢入京使》是唐代诗人岑参创作的名篇之一。此诗描写了诗人在远涉边塞的路上遇到了回京的使者，托他带回报平安的口信，以安慰心中惦念的家人。该诗语言朴实，不加雕琢，却包含着两大情怀——思乡之情与渴望功名之情。一亲情一豪情，交织相融，真挚自然，感人至深。

译 文

I kept looking back day by day
to my hometown now is very far away.
Tears dropped in constant sigh
even sleeves can not wipe them dry.

Met a messenger who's in a hurry,
writing on horse back seemed no way.
Do me a favor my dear messenger
to pass a message that I'm fine here!

翻译心得

在翻译整首诗之前，应该先搞清楚它内在的逻辑关系。这是诗人官差路上发生的事情，如果不做交代就没法儿理解全诗意图，因此加入了 on an official trip，这样就使第一句"故园东望路漫漫"变得容易理解了。

"马上相逢"肯定是意料之外的事情，增加 in a hurry 很合适。"无纸笔"译成 no way 比较合适，"报平安"也就是 I'm fine。

奉和令公绿野堂种花

（唐）白居易

绿野堂开占物华，路人指道令公家。

令公桃李满天下，何用堂前更种花。

原诗释义

　　绿野堂建成之后占尽了万物的精华，路人指着宅子说这是裴令公的家。裴令公的学生遍布天下，哪里用得着再在门前屋后种花呢？

　　此诗运用借代的修辞，以"桃李"代学生，"绿野堂"指的是唐代裴度的房子名。令公是唐朝对中书令的尊称，这里指裴度。这首诗通过写裴度房子不用种花就占尽了万物的精华（房子显眼气派），表现了对一个老师桃李满天下芳名远播的赞美。

译文

Green Field Hall

finally complete,

known as the home

of Minister the elite.

The world gathers

all his followers,

is it necessary

to flaunt his flowers?

翻译心得

　　"绿野堂"古代无名，只能逐字翻译为 Green Field Hall。"路人指道"意为名声大噪，用 known as 达意。

　　后两句是传世名句，也是最难翻译的双关语。这个"桃李满天下"在汉语里说的是学生到处都有，可是后面接着一句"何用堂前更种花"就把前面的翻译给限制住了，所以只能从逻辑的连贯性上把桃李翻译成花朵了。

芙蓉楼送辛渐

（唐）王昌龄

寒雨连江夜入吴，平明送客楚山孤。

洛阳亲友如相问，一片冰心在玉壶。

原诗释义

　　冷雨洒满江天，夜晚时分，我来到吴地，天明送走好友后，只留下楚山上的孤影。如果洛阳亲友询问我的情况，请你一定转告他们，我的心依然像玉壶里的冰一样纯洁。

　　《芙蓉楼送辛渐》是一首送别诗。诗的构思新颖，淡写朋友的离情别绪，重写自己的高风亮节。既用苍茫的江雨和孤峙的楚山烘托送别时的孤寂之情，又自比玉壶，表达开朗胸怀和坚强性格。全诗即景生情，寓情于景，含蓄蕴藉，韵味无穷。

译 文

The falling rain chilly,

on country of Wu ceaselessly.

Farewell, you will say tomorrow

leaving me a lonely man of sorrow.

If anyone there to ask

how I am when you saw me last.

Tell them my heart pure as ice

stored inajade cattle nice.

翻译心得

　　第一句里面的"吴地"没有特意译出来。"平明"指的是一大早，"楚山孤"可以说是用了比喻的手法，意即像楚山那样孤独。

　　后两句是诗人用来表达自己对家乡思念的比兴之笔。when you saw me last 属于增译，可以与上句的 ask 形成韵脚。

垓下歌

（先秦）项羽

力拔山兮气盖世。时不利兮骓不逝。

骓不逝兮可奈何！虞兮虞兮奈若何！

原诗释义

　　我的力量可以拔起大山，我的豪气世上无人可比。可是这时局对我不利，我的乌骓马再也跑不起来了。乌骓马不向前奔跑我能怎么办？还有虞姬啊虞姬，我又该把你怎么办呢？

　　《垓下歌》是西楚霸王项羽败亡之前吟唱的一首诗。此诗概括了项羽平生的业绩和豪气，表达了他对美人和名驹的怜惜，抒发了他在汉军的重重包围之中那种充满怨愤和无可奈何的心情。全诗通过虚实结合的手法，生动地显示出作者叱咤风云的气概，篇幅虽短小，却表现出丰富的内容和复杂的感情：既洋溢着无与伦比的豪气，又蕴含着满腔深情；既显示出罕见的自信，却又为人的渺小而沉重地叹息。

译 文

With strength to lift mountain

and a second-to-none gumption,

I cannot run my horse even

in this unfavorable situation.

My horse the hero,

what can I do to you?

My lady the special,

what can I do for you?

翻译心得

　　第一句说的是诗人自己。"力拔山兮" strength to lift mountain，"气盖世" a second-to-none gumption。第二句写的是诗人面临的困境。"时不利兮" unfavorable situation，"骓不逝" cannot run my horse raven。这些都是直白的描述，理解了就可以直译。

　　后两句是诗人的心情，面对自己一生中的两个最爱，他不知所措。在 what can I do 后面加了不同的介词，产生的差别效果十分明显。

宫 词

（唐）朱庆馀

寂寂花时闭院门，美人相并立琼轩。

含情欲说宫中事，鹦鹉前头不敢言。

原诗释义

宫院在花开时节却寂寞地紧闭着大门，几个俏丽的宫女相互依偎着，伫立在廊下赏春。本来想谈谈宫中忧愁的事，可是看到面前的学舌鹦鹉，谁也不敢吐露自己的苦闷了。

这是一首宫怨诗。诗人以别出心裁的构思，巧妙而曲折地托出了怨情，点出了题旨。读者自会看到：在这幅以"花时""美人""琼轩""鹦鹉"组成的风光旖旎的画图背后，却是一个罗网密布的恐怖世界，生活在其中的宫人不但被夺去了青春和幸福，就连说话的自由也是没有的。这首别开生面的宫怨诗，表达的正是这样一个主题，揭露的正是这样一幕人间悲剧。

译 文

Already the flowers
in their season right,
but the palace gate
still shut tight.

Some pretty maids inside
enjoy spring in delight.
Wanna talk something royal?
See that parrot at all?

翻译心得

第一句的正确顺序应该是"花时寂寂闭院门"。"花时"season right 应该是人山人海的情形，可是"寂寂""闭院门"就说出了这里人情世故的清冷。"美人相并立琼轩"又是一个铺衬，女人凑到一起总应该是叽叽喳喳的，却不敢畅快谈心。

后面解释为"鹦鹉前头不敢言"。这个鹦鹉暗喻告密之人，体现了世态炎凉，译为 see that parrot at all。

官仓鼠

（唐）曹邺

官仓老鼠大如斗，见人开仓亦不走。

健儿无粮百姓饥，谁遣朝朝入君口。

原诗释义

　　官府粮仓里的老鼠，肥大得像量米的斗一样，看见人来开启粮仓也不逃走。守卫边疆的将士没有粮食，辛劳的老百姓正在挨饿，是谁天天把官仓里的粮食送入你们这些官仓老鼠嘴里去的呢？

　　《官仓鼠》是唐代诗人曹邺的作品。此诗借用官仓鼠比喻肆无忌惮地搜刮民脂民膏的贪官污吏。全诗词浅意深，含蓄委婉，但诗人的意图并不隐晦，辛辣地讽刺了大小官吏只管中饱私囊、不问军民疾苦的腐朽本质。

译　文

So huge are the rats
in barns of government,
that they don't escape
even when doors are open.

Soldiers have no food
and folks are hungry,
who sent these grains
into your mouth free?

翻译心得

　　第一句的"官仓"有对应的英语 official position，但是用起来不好理解，用 barns 的效果更好。"老鼠大如斗"是一个夸张的比喻，不用把"斗"具体化，以免引发误解。"开仓"指的是粮仓的门被打开，人进来。"走"指的是逃跑，用 escape 很合适。

　　"健儿"在这里是战士，尤其指的是边关的卫士。最后一句以问句的形式提出"谁遣朝朝入君口"既指出了这些吃粮人的高贵，又显示了他们的贪婪，用 timely 和 free 就可以把这两个特征都译出来了。

观书有感

（宋）朱熹

半亩方塘一鉴开，天光云影共徘徊。

问渠那得清如许？为有源头活水来。

原诗释义

半亩大的方形池塘像一面镜子一样展现在眼前，天空的光彩和浮云的影子一起映入水塘，来回移动。要问为何那方塘的水会这样清澈呢？是因为有源头为它源源不断地输送活水。

《观书有感》是南宋大学问家朱熹的一首有哲理性的小诗。人们在读书后，时常有一种豁然开朗的感觉，诗中就是以象征的手法，将这种内心感觉化作可以感触的具体形象加以描绘，让读者自己去领悟其中的奥妙。

译 文

A square pond half an acre

water transparent as mirror.

Reflection of sky and cloud found

together wandering in the pond.

Why so limpid, I want to know,

is the water flow?

From a live source

it runs the whole course.

翻译心得

第一句中的"一鉴开"指的是镜子，这里用了 as mirror 来更加明确地表达。第二句"天光云影共徘徊"指的是倒映在池塘里的景致。"天光"指的是天色，即 reflection of sky。"徘徊"用 wandering 是最合适的对应词。

第三句里的"渠"说的是池塘里的水，清澈用 limpid 也是恰如其分。"为有源头活水来"是一句双关语，很难处理到位。只能是模糊地翻译出来，尽量不去显露原诗中的意境，这样就可以让读者自己去想象了。live 就是活水，source 就是源头。

闺 情

（唐）李端

月落星稀天欲明，孤灯未灭梦难成。

披衣更向门前望，不忿朝来鹊喜声。

原诗释义

月落星稀，天马上就亮了，一夜未睡，孤灯还在摇曳着昏光。披起衣服走到门前急切探看，恼恨那报喜的鹊声把人欺骗。

《闺情》是唐代诗人李端写的一首七言绝句。这首诗通过写室内景色氛围，烘托了闺中思妇彻夜难眠的深层心态，刻画了妇人出门张望后失望的神态，表达了急切盼夫归来的情怀。全诗语句轻简，含蓄隽永，耐人寻味。

译 文

Moonlight fading and stars dim.

The east sees a daybreak slim.

Candles glittered faint light.

I kept awake the whole night.

Hurried out because of a sound,

possibly my man was coming around!

Flushed was a morning magpie

which left me with a deep sigh.

翻译心得

第一句中的"月落"说的是黎明即将到来时月光变得昏暗，因此用 fading。而"星稀"也是这个意思，译成 dim。把"天欲明"译成黎明 slim，比较切合实际。"孤灯"既是指灯也是指人，更是指夜晚 lonely night。"梦难成"即是彻夜难眠 kept awake whole night。

把"披衣"译成 hurried 更能表现主人公的心情迫切。而后半句的增译是出于对原诗的理解，这里做一下交代更有利于读者理解。"不忿"原意说的是愤愤不平，即对喜鹊的恼怒。但是随之而来的就是主人公深深的叹息 a deep sigh。

闺　怨

（唐）王昌龄

闺中少妇不知愁，春日凝妆上翠楼。
忽见陌头杨柳色，悔教夫婿觅封侯。

原诗释义

　　闺阁中的少妇从来不知相思离别之愁，在明媚的春日，她精心装扮之后登上高楼。忽然看到路边的杨柳春色，惆怅之情涌上心头，后悔当初让丈夫从军边塞，建功封侯。

　　这首诗写的是一个贵妇，看到陌头的柳色青葱，盎然春意，才意识到自己精神生活的空虚，觉得再打扮也没有意思，只剩下自己孤零零的，没有一点儿快乐。本诗没有刻意写怨愁，但怨之深，愁之重，已裸露无余。

译　文

A young married lady
knowing nothing to worry,
dresses up and gets out door
to love spring on high floor.

The tempting branches of willow
break her heart in sudden sorrow.
Why should I have urged my man
to pursue that promotion plan?

翻译心得

　　"闺中"是中国古代对守规矩的女人的一种形容，这里既然是说已婚之人，就没有必要翻译，以免生出误解。"未曾愁"就是没有愁事 knowing nothing to worry。"凝妆"可以用 make up 和 dress up，这里只是任选一个。"春日"表面看是写时间，实际上是说景致，因此译成 to love spring。

　　第三句的"忽见"在翻译处理中把主动变成了被动，"杨柳色"即春天柳枝的妖媚，为了渲染，在前面加上了 tempting 一词，这样就把原文的看见表现成为柳色攻心，符合英文的笔法。最后一句"悔教夫婿觅封侯"展现的是妇人的内心情感，翻译的时候也采用了直抒胸臆的铺叙式手法。"夫婿"译成 my man 有爱惜不舍之意，更贴切主题。而 promotion 既押韵又合意，是很好的处理方法。

过华清宫绝句三首 （其一）

（唐）杜牧

长安回望绣成堆，山顶千门次第开。
一骑红尘妃子笑，无人知是荔枝来。

原诗释义

在长安回头远望，骊山宛如堆堆锦绣，位于山顶上的华清宫，千重宫门依次打开。一匹快马穿过道道宫门疾驰而至，人们只见到皇上的妃子开心地露出了笑容，却不知道是从遥远的南方给她送来了鲜美的荔枝。

这首诗是杜牧经过骊山华清宫时有感而作。华清宫是唐玄宗开元十一年（公元723年）修建的行宫，玄宗和杨贵妃曾在那里寻欢作乐，后代有许多人写过以华清宫为题的咏史诗，而杜牧的这首绝句尤为精妙绝伦，脍炙人口。相传杨贵妃喜欢吃荔枝，唐玄宗便命人用快马从四川、广州给她运来。此诗通过送荔枝这一典型事件，鞭挞了玄宗与杨贵妃骄奢淫逸的生活，有着以微见著的艺术效果。

译 文

Looking back to the city royal,
the mountain is like a flowers pile.
Gates of Palace on the mountain
one by one is now open.

The Concubine smiles sweet
on seeing a horse in full speed.
For no one knows what it carries
are leeches fresh as straw berries.

翻译心得

"长安"是唐代的都城，译成 city royal 既符合原意又形成韵脚。"回望"受到下面"绣成堆"的限制，应该理解为远远地看，因此译成 looking back。"山顶千门"指的是位于山顶的宫殿有很多大门，即 gates。"次第开"即一个一个地打开，说的是快马入宫的情形。

"一骑红尘"说的是骑着快马的士兵，为了押韵译成 a horse in full speed。在翻译"妃子笑"的时候增加了修饰词 sweet，以妃子的美貌来表达其笑容的价值。"无人知"更是让快马疾驰显得神秘，也让人觉得只有皇妃才配得上这样的享受。为了表明皇妃喜爱荔枝的原因，增译了 fresh as straw berries，更形象地说明了荔枝的美好。

过松源晨炊漆公店

（宋）杨万里

莫言下岭便无难，赚得行人错喜欢。

政入万山围子里，一山放出一山拦。

原诗释义

不要说从山岭上下来就没有困难，这句话使得前来爬山的人白白地欢喜一场。好比你进入崇山峻岭之中，你刚攀过一座山，另一座山立刻出现将你阻拦。

《过松源晨炊漆公店》是宋代诗人杨万里的作品。这组诗共有六首，全是写春日山行情景的。这是第五首，为人们所熟悉。诗人借助景物描写和生动形象的比喻，通过写山区行路的感受，创造了一种深邃的意境，寄寓着一个具有简单意义的深刻哲理：人生就是在不断地与"难"做斗争，没有"难"的生活，在现实社会中是不存在的。人们无论做什么事，都要对前进道路上的困难做充分的估计，不要为一时的成功所迷醉。

译 文

That we were told
downhill is a good road.
Therefore very happy
to keep walking that way.

But truly in this region
are mountain after mountain.
This one just got over,
waiting ahead stands another.

翻译心得

这首诗在翻译上做的改动比较大。第一句"莫言"说成白话就是"别提了"，实际上就是一种否定。翻译的时候用了 that we were told 来表达一种难以置信的态度。"下岭便无难"的意思是下来这座山就都是好路 good road 了。第二句的"赚得"就是骗得，后面的"行人错喜欢"验证了这一点。

因为前面用了 that we were told，后面就要对应使用 but truly in this region 来告诫听者"政入万山围子里"。"一山放出一山拦"的拟动形式就是说一座山挨着一座山，即前面还有一座等着呢，waiting ahead stands another。

海 棠

（宋）苏轼

东风袅袅泛崇光，香雾空蒙月转廊。
只恐夜深花睡去，故烧高烛照红妆。

原诗释义

　　袅袅的东风吹动，春色更浓，花朵的香气融在朦胧的雾里，而月亮已经移过了院中的回廊。只担心此时夜深人静，其他的花儿已然睡去，特意点燃蜡烛，来照亮海棠的美丽姿容。

　　这首绝句写于元丰三年（公元1080年），苏轼被贬黄州（今湖北黄冈）期间。全诗描绘了海棠在东风月色中的光彩和芬芳，虚实结合，既表现了海棠优雅脱俗的美，也抒发了诗人爱花惜花的感情及怀才不遇的人生感慨。全诗语言浅近，含而不露，感而不伤，情意深永，耐人寻味。

译 文

Flimsy cloud move with the breeze slow moonlight
shines in faint yellow.
Fragrance of flowers melting into the mist papery moon
shadow covering the corridor winding and slippery.

When all flowers are asleep
at a night so quiet and deep,
only the begonia stands up high and single illuminating
the nocturne like a burning candle.

翻译心得

　　第一句里的"东风袅袅"意在形容晚风缓缓吹拂，"泛崇光"指的是春色更浓，翻译时对景色做了扩充，可以给人如临其境之感，slow 和 yellow 又形成了绘声绘色的韵脚。

　　后两句以拟人的手法，从心理描述的角度来阐释海棠的孤芳自赏，用了 only 和 single 两个词。翻译的时候明示了 begonia 一词，让读者明白本诗的用意所在。海棠为了让人们领略这里夜色的美好，自己挺身而出，甘做明烛。

韩冬郎即席为诗相送（其一）

（唐）李商隐

十岁裁诗走马成，冷灰残烛动离情。

桐花万里丹山路，雏凤清于老凤声。

原诗释义

这个孩子十岁就能即席作诗，成诗的速度就像跑马一样。这首送别诗文采动人，就连冷却的灰和烧残的蜡烛都会因之动情。这让我想起曾经走过的万里丹山道上，美丽的桐花丛中不时传来雏凤清脆圆润的欢叫，比起老凤苍凉的鸣吟，显得格外悦耳动听。

唐大中五年，李商隐离京赴梓州（今四川省三台县）入东川节度使柳仲郢幕府。在送别晚宴上，时年十岁的韩偓即席赋诗，才惊四座。大中十年，李商隐返回长安，重诵韩偓题赠的诗句，回忆往事，写了两首七绝酬答，这是其中的第一篇。诗中使用鲜活生动的联想和想象，将实事实情转化为虚拟的情境、画面，这可以说是李商隐诗歌婉曲达意的又一种表达形式。

译 文

What a poem the budding genius did compose
his tender cheek soft as fresh rose.
So moving is the splendid versification
that cold candle ashes stirred up with infection.

Once I was on a very long road
covered by flower mass jade and gold,
The cheering crow of birds juvenile
always sound more pleasant than that of the old.

翻译心得

翻译第一句时用了感叹句，而且直接用了 the budding genius 来处理"十岁"。后面加了一句 his tender cheek soft as fresh rose 来突出少年的年龄。第二句写的是诗句的感染力，用了 so…that 句式，表达效果更好。

后面两句显然是诗人的联想发挥，为了渲染回忆中的景致，把"桐花""万里""丹山路"都做了虚化处理，而 flower mass jade and gold 更是极尽夸张之能事。最后一句中的"清"是比较难表达的词，简化地译成了 more pleasant。

寒 食

（唐）韩翃

春城无处不飞花，寒食东风御柳斜。

日暮汉宫传蜡烛，轻烟散入五侯家。

原诗释义

春天的长安城到处飞舞着花瓣，寒食节，春风吹斜了皇宫御花园里的杨柳。日落时分，皇宫里忙着分赐蜡烛，袅袅炊烟散入王侯贵戚的家里。

《寒食》是一首讽刺诗，这首诗选取典型的题材，引用贴切的典故，对宦官得宠专权的腐败现象进行讽刺。寒食节禁火，然而受宠的宦官却得到皇帝的特赐火烛，享有特权，说明了当时朝廷的腐败，体现出了诗人对当时朝廷的忧心忡忡。

译 文

Season of spring around,

flowers bloom everywhere in town.

The warm breeze blows

the gradient willows.

This is an old Festival

supposed to dine cold and traditional.

But we see the evening smoke misty

from the palace kitchen chimney.

翻译心得

"春城"的重点在"春"，在翻译的时候只要标识出来就可以，因此译成 season of spring around。"寒食"是个传统节日，为了与后文形成鲜明对比，让读者更容易理解诗意，就把它移到了下阕翻译。"东风"意指春风，翻译时着意刻画了暖意融融的状态，用了 breeze，增加了修饰词 warm。

"汉宫"实际上就是现在说的皇宫。而"传蜡烛"指的是动烟火，也许诗人是出于忌口才改成蜡烛的。这里对寒食节做了比较详尽的说明 dine cold and traditional，就是为了突出后面的"轻烟"，它说明了皇家的特权。这里用了 palace kitchen chimney，达到了以点带面的效果。

后宫词

（唐）白居易

泪湿罗巾梦不成，夜深前殿按歌声。

红颜未老恩先断，斜倚薰笼坐到明。

原诗释义

　　泪水湿透了罗巾，无法入睡，好梦难成，深夜时分，前殿传来按着节拍唱歌的声音。红颜尚未老去的我，已经失去了君王的恩宠，只能斜靠着薰笼一直坐到天明。

　　这首诗是为宫人作的怨词。全诗自然浑成，语言明快而感情深沉，由希望转到失望，由失望转到苦望，由苦望转到绝望；由现实进入幻想，由幻想进入痴想，由痴想再跌入现实，千回百转，倾注了诗人对不幸者的深挚同情。

译　文

Handkerchief wet of wakeful tear,
good dreams broken and disappear.
From the room of a new girl favorite
comes singing and laughing of high spirit.

Though the same young and pretty,
I cannot keep the love of His Majesty.
Holding tight that cold incense canister,
every night my only partner.

翻译心得

　　第一句中的"梦不成"有两层含义，既是说睡不着，又是说没有好梦，总之是长夜难熬。第二句中的"按歌声"写的是皇帝和新妇在彻夜欢歌，道出了后面描述的孤寂委屈的原因。

　　"红颜未老"the same young and pretty，"恩先断"cannot keep the love，说的是皇帝的见异思迁。而这个怨妇只落得"斜倚薰笼"holding tight that cold incense canister，最后加上了 my only partner 既是为了渲染意境，又是为了照顾韵脚。

花 影

（宋）苏轼

重重叠叠上瑶台，几度呼童扫不开。

刚被太阳收拾去，却教明月送将来。

原诗释义

　　亭台上的花影一层又一层，几次叫仆人去打扫都扫不掉。傍晚太阳下山时，花影刚刚隐退，可是月亮又升起来了，花影又重重叠叠出现了。

　　这是一首咏物诗。诗人借吟咏花影来抒发自己想要有所作为却又无可奈何的心情。全诗自始至终着眼于一个"变"字，通过写光的变化和写花影的变化，表达出诗人内心的感情变化。

译 文

So much of the flower shadow
overlapped the stairways before window.
Houseboys had tried times several
cleared nothing away but fail.

Just went out of sight
with the downing sunlight,
but returned at night
with the moon so bright.

翻译心得

　　原诗全文说的都是花的阴影，为了让读者更好地明白诗意，在一开始就把主题 the flower shadow 说明了。"瑶台"这里指的是台阶，为了押韵，加上了 before window。第二句是诗人的技巧，没有人会让家童来扫除花影，但是这里用了"几度"一词。"扫不开"不是显示主人的愚蠢，而是形容花影的神韵。

　　后两句以拟人的手法来写太阳和月亮，既显得活灵活现，读来又觉得顽皮可爱，凸显了花影的本性，让人玩味无穷。翻译的时候把花影译成了主动状态，意在体现一个"活"字。

画 菊

（宋）郑思肖

花开不并百花丛，独立疏篱趣未穷。

宁可枝头抱香死，何曾吹落北风中。

原诗释义

　　菊花开放的时候，百花已经凋谢，只有她独自开在稀疏的篱笆旁边，意趣无穷尽。宁可在枝头怀抱着清香而死，也决不被吹落于凛冽北风之中。

　　郑思肖的这首诗，与一般赞颂菊花不俗不艳不媚不屈的诗歌不同，托物言志，深深隐含了诗人的人生遭遇和理想追求，是一首有特定生活内涵的菊花诗。

译 文

To enjoy the pride
of blooming independence
the Chrysanthemum
stands firmly by scattered fence.

Sticking to a branch would it rather die
to hold its fragrance severely tight,
than to drift in the blow
of north wind biting cold.

翻译心得

　　前两句主要是夸耀菊花的孤傲，所以把"不并"译成 the pride of blooming independence。后面说的"趣"实际上指的是菊花的气质，译成 pride。

　　后两句是诗人以菊花来比喻自己的清高不群。"宁可"必须要用 would … rather 这个句式来表示。"吹落"原诗用的是动词，这里译成 blow 是名词，可以照顾下一行的韵脚。

画眉鸟

（宋）欧阳修

百啭千声随意移，山花红紫树高低。

始知锁向金笼听，不及林间自在啼。

原诗释义

　　画眉鸟千啼百啭，随着自己的心意在林间飞动，在那开满红红紫紫山花的枝头自由自在地穿梭。现在才知道，以前听到的锁在金笼内的画眉叫声，远比不上悠游林中的自在啼唱。

　　欧阳修的《画眉鸟》，前两句写景，后两句抒情，情景结合，寓意深远，反映了作者对自由生活的追求和向往。

译文

Birds warble and tweet
in rich variety of tunes sweet,
skimming among branches high and low,
leaping in flowers shrubs red and purple.

People see them and sigh with affection
that to sing lightheartedly and free in liberation
is definitely far better more at ease
than being caged as pet for everyone to tease.

翻译心得

　　头两句都是在描写林中的鸟儿自由自在的状态，翻译的时候先译出 birds 一词，读者一读就懂。"百啭千声"指的是鸟鸣声音的丰富和动听，这里可以大肆渲染笔墨，可以把 warble 和 tweet 这些动词都用上，再加上 in rich variety of tunes，就可以把这些鸟儿的自由形态表现得淋漓尽致了。"随意移"也是通过其动作的多样性来展示自由，因此也可以多用动词，skim 和 leap 都可以用。

　　下阕用 people，再加上 sigh with affection 就把"始知"表达清楚了。"锁向金笼听"和"林间自在啼"是两种截然不同的生活状态，翻译的时候也做了对比。为了进一步表明笼中鸟的不自由，增译了 as pet for everyone to tease，愈发形象生动。

淮村兵后

（宋）戴复古

小桃无主自开花，烟草茫茫带晚鸦。

几处败垣围故井，向来一一是人家。

原诗释义

　　寂寞的一株小桃树，不知是谁家的，默默地开着红花。满眼是迷离的春草，笼罩着雾气，黄昏里盘旋着几只乌鸦。一处处毁坏倒塌的矮墙，围绕着废弃的水井，这里与那里，原先都住满了人家。

　　《淮村兵后》是宋代诗人戴复古所作的一首七言绝句。此诗描写的是一幅金兵南侵江淮，战乱后荒村的残破景象。作者借景抒情，刻画了战争之后村庄的荒芜，同时也寄托了诗人对遭受兵乱的人民所表示的深厚同情和对入侵敌人的仇恨。

译　文

Red buds vague on a tiny tree of peach,
planted by no one by ditch.
Over grass shrouded in mist of heaven
circled in the dusk a lonely raven.

Some pieces of walls crumbled there,
surrounded a well abandoned and bare.
Once a village lived here,
with indigenes naive and dear.

翻译心得

　　第一句中的"无主"说的是由于战乱，这些桃花都不知道是谁家院子里的花了。因此译成 planted by no one along ditch。"自开花"译成 red buds vague，更好地表现了当时的荒凉。为了渲染"烟草茫茫"的气势，在 mist 后面加了 heaven。然后在"晚鸦"后面加了 lonely。

　　"几处败垣" some pieces of walls crumbled，"围故井" a well abandoned and bare，最后面的 bare 是为了韵脚才加上的。"向来"指的是以前，即 once。"人家"译成 indigenes，是原居民的意思。

淮中晚泊犊头

（宋）苏舜钦

春阴垂野草青青，时有幽花一树明。

晚泊孤舟古祠下，满川风雨看潮生。

原诗释义

　　春天的阴云笼罩着草色青青的旷野，偶尔有一树野花冒出头来，在眼前一亮。夜晚将一叶小舟停靠在古旧的祠堂下，只见满河烟雨，潮水渐渐上涨。

　　《淮中晚泊犊头》是北宋诗人苏舜钦创作的一首七言绝句。该诗寄寓了诗人面对官场风雨不定、阴晴难测的状况镇定自若、处之泰然的心态。而在平和心境的暗示中，又显露了内心深处的愤激不平。全诗色彩明暗、景物动静对照强烈，抒情气氛极其浓郁，感情借景物言之，尤觉含蕴悠远。

译 文

Dark cloud staying low,

over the vast grassland does it float.

Occasional flowers bloom on a tree,

which thus looks bright and free.

At dusk I berth my lonely boat

by an archaic temple so old,

awaiting the rising tide

with wind and rain at night.

翻译心得

　　"春阴"是春天的阴云，译成 dark cloud。"垂野"用 staying low 比较形象，位置也很清晰。"幽花"指的是黑暗中绽放的花儿，而"一树明"是花儿绽放的结果，因此这棵树 looks bright and free。

　　下阕中的"晚"可以用几个词来翻译，但是综合考虑之下，觉得 dusk 是最为恰当的，可以和后面的诗句相呼应。"泊"不能用 park，berth 才是停船的意思。最后一句的"潮"指的是河水的涨落，不是汹涌澎湃的海潮，因此用 rising tide 符合原诗。

黄鹤楼送孟浩然之广陵

（唐）李白

故人西辞黄鹤楼，烟花三月下扬州。
孤帆远影碧空尽，唯见长江天际流。

原诗释义

友人在黄鹤楼向我告别，在柳絮如烟、繁花似锦的阳春三月去扬州。他的船渐行渐远，最后随着船帆的影子渐渐消失在天边云尽之处，我只能看见滚滚长江向天边奔流。

全诗寓离情于写景之中，以绚丽斑驳的烟花春色和浩瀚无边的长江为背景，极尽渲染之能事，绘出了一幅意境开阔、风流倜傥的诗人送别图。此诗虽为惜别之作，却写得飘逸灵动，情深而不滞，韵远而不虚。

译 文

An old friend bids farewell today
in Yellow Crane Tower we used to stay.
He is going to Yangzhou the dreamy city,
a place slightly foggy and much flowery.

We watched the silhouette of sail disappear
until our eyes could possibly bear.
Leaving only the Changjiang River
flowing to the skyline forever.

翻译心得

"故人"就是老朋友 an old friend，"黄鹤楼"的译法已经约定俗成，直接取用。"烟花"修饰的是季节，也可以理解为对扬州的描述，翻译中加了 a place slightly foggy and much flowery。

后两句借景抒情，表达了诗人对朋友的依依不舍。"孤帆远影"说的是目送时间很长，"碧空尽"写的是极度留恋的心态，因此用了 we watched… until our eyes could possibly bear。"唯见"表达的是诗人看不见朋友船帆之后的怅惘，用 leaving only 的英语表达方法做了对接。

回乡偶书

（唐）贺知章

少小离家老大回，乡音无改鬓毛衰，

儿童相见不相识，笑问客从何处来。

原诗释义

年少时离开家乡，到了老年才回来，我的乡音虽未改变，但鬓角的毛发已经疏落。儿童们看见我，没有一个认识的，他们笑着询问这客人是从哪里来的。

本诗通过少小离家与老大回的对比，突出了离开家乡的时间之长；通过乡音无改与鬓毛衰的对比，突出了人事变化速度之快；通过白发衰翁与天真儿童的对比，委婉含蓄地表现了诗人回乡的欢愉之情和人世沧桑之感。全诗采用白描手法，在自然朴素的语言中蕴藏着一片真挚深厚的感情。

译 文

Left hometown a kid

and come back elderly.

Accent not change

but hair on temples gray.

Children see me

as an out-lander,

and ask with smile:

"where are you from, stranger?"

翻译心得

这首诗语言朴素自然。因其平白直叙的语言特色，翻译的时候就省去了许多文字。"老大"这里指的是年纪大了，译成 elderly 是为了照顾韵脚。"乡音"就是 accent，不能用 dialect。"鬓毛"还有一个词是 earlock，没有 hair on temples 易懂。

后面的"不相识"不是认不出来，而是压根儿就没见过，所以用了外乡人 out-lander。把"笑问客从何处来"中的"客"译成 stranger，既表示了儿童的天真好奇，又很好地照顾了韵脚。

惠崇春江晚景

（宋）苏轼

竹外桃花三两枝，春江水暖鸭先知。

蒌蒿满地芦芽短，正是河豚欲上时。

原诗释义

竹林外两三枝桃花初放，水中嬉戏的鸭子最先察觉到初春江水的回暖。河滩上已经满是蒌蒿，芦笋也开始抽芽，而河豚此时正要逆流而上，从大海回游到江河里来了。

《惠崇春江晚景二首》是苏轼为宋代名僧惠崇所绘的《春江晚景》所作的题画诗。《春江晚景》共两幅，本诗即为苏轼为其中一幅"鸭戏图"所作的题画诗，成功地写出了早春时节的春江景色。苏轼以其细致、敏锐的感受，捕捉住季节转换时的景物特征，抒发对早春的喜爱和礼赞之情。全诗春意浓郁、生机蓬勃，给人以清新、舒畅之感。

译 文

Beside the grove of bamboo,
there are a few peaches bloom.
The water is getting warmer
knows the duck in spring river.

Wormwood herb all around
and reeds budding in the pond.
It's the right time for the puffer
to swim as mass in the river.

翻译心得

"竹外"即竹林之外，beside the grove of bamboo。只有"桃花三两枝"开放bloom，表现的是乍暖还寒的初春时节。翻译"鸭先知"的时候用了陈述倒装，显示出比较好的连续性。

"蒌蒿"和"芦芽"都是诗中刻意强调的名词，一定要用原词。最后一句"正是河豚欲上时"没有比兴之意，只是对季节时令的一种烘托，来展示生活的趣味。

"欲上"的意思是大量聚集，译成 to swim as mass in the river。

集灵台（其二）

（唐）张祜

虢国夫人承主恩，平明骑马入宫门。

却嫌脂粉污颜色，淡扫蛾眉朝至尊。

原诗释义

虢国夫人受到皇上的恩宠，大清早就骑马入宫。嫌脂粉会玷污她的美艳，只是淡描蛾眉就进去朝见皇帝了。

《集灵台》是唐代诗人张祜的组诗作品，以明扬暗抑的手法嘲讽了唐玄宗。虢国夫人是杨玉环的三姐，嫁给裴家，是当时名声极坏的人。她并非"后妃"，却"承主恩"，而且"骑马入宫""朝至尊"。自恃美艳，不施脂粉，足见她的轻佻，也可见玄宗的昏庸。这首诗语言颇为含蓄，看似褒，实则贬，讽刺深刻，入木三分。

译 文

So eager does the emperor
want to see his wife's beautiful sister
who goes into palace in a hurry
on a horse in the morning early.

In case the rouge and powder smear
her face so clean and clear,
she just uses makeup slight
to have an audience with the almight.

翻译心得

这里的"虢国夫人"实际上指的是杨玉环的姐姐，为了让读者明白，就直接译成了 his wife's beautiful sister。为了表明皇上的昏庸，前面加上了 eager 一词。"平明"就是一大早，为了照顾韵脚把 early 放到句末。

"却嫌"的实际意思是"担心"和"万一"，用 in case 来翻译恰到好处。"污颜色"就是弄脏她的脸，可以在形容脸的时候加一些具体的词，如 so clean and clear。"淡扫蛾眉"就是化淡妆，词典里有现成的翻译。"朝"用的词组是 to have an audience with，即拜会。

己亥岁（其一）

（唐）曹松

泽国江山入战图，生民何计乐樵苏。

凭君莫话封侯事，一将功成万骨枯。

原诗释义

富饶的水域江山陷入战乱之中，可怜无辜的百姓靠着打柴割草都无法生存。你就别再提什么立功封侯的事情了，一个将军的功成名就，要牺牲多少士卒的生命！

曹松，唐代晚期诗人。诗作风格似贾岛，工于铸字炼句。他因生活在社会底层，故同情劳动人民，憎恶战争。《己亥岁》从不同侧面揭示封建社会历史的本质，具有很强的典型性。词气委婉刻意，掷地有声，相形之下更觉字字千钧。

译文

Wars raged in recent fevers
on regions of lakes and rivers.
Civilians hard to survive
on trees and grass alive.

Never mention your opportunity
to be conferred a rank of nobility.
Any general's high position
is established on dried skeletons.

翻译心得

"泽国"即水乡，译成江山 regions of lakes and rivers。"入战图"即爆发了战争，这里为了突出显示战争的毁灭性，用了 raged in recent fevers。"樵苏"指的以砍柴为生，译成 survive on trees and grass alive 是意译的表达。

下阕是上阕的升华，"凭君"就是"请您"，在翻译的时候用了直白的 never mention，更明确地表明了诗人的愤恨之意。"封侯"在词典中已经有了固定的译法 to be conferred a rank of nobility，这里直接采用。最后一句与前一句是因果关系，"功成"high position 的原因就是"万骨枯"on dried skeletons。

己亥杂诗

（清）龚自珍

九州生气恃风雷，万马齐喑究可哀。
我劝天公重抖擞，不拘一格降人才。

原诗释义

　　只有惊雷炸响般的巨大力量，才能使中国大地发出勃勃生机，然而当今社会的局面毫无生气，这实在是一种悲哀。我奉劝上天要重新振作精神，不要拘泥一定的规格，降下更多的人才。

　　龚自珍，清代思想家、诗人、文学家和改良主义的先驱者，主张革除弊政，抵制外国侵略。诗文主张"更法""改图"，揭露清统治者的腐朽，洋溢着爱国热情。在这首诗里，诗人独辟蹊径，用别开生面的想象表现了他热烈的希望。他期待着优秀杰出人物的涌现，期待着改革大势形成新的"风雷"、新的生机，一扫笼罩九州的沉闷和迟滞的局面。该诗既揭露矛盾、批判现实，又憧憬未来、充满理想，给读者一种呼唤变革、呼唤未来的希望。

译 文

To fill China with vitality
we expect huge force mighty.
The present society after all,
a sad situation will fall.

To heavenly God I pray,
please attend and get ready
with talents in the country
of multiplicity and variety.

翻译心得

　　"九州"就是中国 China，"恃"为期待，即 expect。"万马齐喑"是成语，指的是沉默的社会现状。后面用 after all 与 fall 构成了比较贴切的韵脚。

　　"我劝天公"是中国人的神话愿望，这里套用了西方的 heavenly God，使读者更容易读懂。"抖擞"为振作精神之意，译成 attend and get ready 很合适。"不拘一格"也是成语，即各种各样 of multiplicity and variety。

己亥杂诗（其五）

（清）龚自珍

浩荡离愁白日斜，吟鞭东指即天涯。

落红不是无情物，化作春泥更护花。

原诗释义

离别京都的愁绪浩如水波，向着日落西斜的远处延伸，马鞭向东一挥，感觉就是人在天涯一般。从枝头掉下来的落花不是无情之物，即使化成了春天的泥土，也甘愿培育美丽的花朵成长。

这首诗是清代诗人龚自珍写的组诗《己亥杂诗》中的第五首，写诗人离京的感受，展示了诗人博大的胸怀。一个人在人生失意的时候，往往都是在想自己以后怎么办，但是龚自珍的这首诗里，表现的却是一种难得的家国情怀，揭示了一种难能可贵的价值观。

译 文

Going home after resign,

Sunset sees a melancholy mind.

Far to east is world end,

Away to where I am sent.

Though a flower fallen,

I am in the same sentiment.

Rather perish as mud fertile

to nourish a spring bud smile.

翻译心得

"浩荡离愁"说的是诗人辞官之后离京的心绪。"白日斜"既是写他所处的环境，又是说他当时的心境，因此译成 a melancholy mind。"吟鞭东指"指的是他现在去的方向 far to east，"即天涯"就是他目前所处之地 world end。

后两句属于起兴，是诗人表达心志的语句。"落红" a flower fallen 是自喻，"不是无情物" in the same sentiment 是自表。翻译"化作春泥"时加上 Rather 一词，强调了诗人的决心。"更护花"的"花"是新长出来的花，译成 bud 更加形象。

寄扬州韩绰判官

（唐）杜牧

青山隐隐水迢迢，秋尽江南草未凋。

二十四桥明月夜，玉人何处教吹箫？

原诗释义

远处的青山依稀可见，江水悠长，秋日已尽，但是江南各地的草木还没有凋落。二十四桥明月映照幽幽清夜，老友你在何处，听取美人吹箫？

《寄扬州韩绰判官》是杜牧在离开扬州以后，怀念昔日同僚韩绰判官而作。此诗着意刻画了深秋的扬州景色，尤其是二十四桥的明月之夜，悠扬的乐声衬托出了美妙的宁静，表达了作者对扬州生活的深情怀念。全诗意境优美，饶有情趣。

译文

Hills blurring

and river flowing.

Autumn is over

and grass not wither.

Twenty-four bridges bright

under cool moonlight,

flute music vaguely heard,

from a girl in skirt.

翻译心得

这首诗整体上说的是诗人对江南景色的回忆。上阕就是对江南景色的白描，可以直接对号入座。"青山隐隐" hills blurring，"水迢迢" river flowing，"秋尽江南" autumn is over，"草未凋" grass not wither。

下阕虽然也是写景，但是加入了诗人的很多主观意识，因此在翻译时要有联想。"二十四桥"译成 twenty-four bridges bright，是后面的"明字迁移"。"明月夜"译成 under cool moonlight，是一种对原意的延展。"玉人"译成 a girl in skirt，加上了译者的想象。"吹箫"即 flute music。

贾 生

（唐）李商隐

宣室求贤访逐臣，贾生才调更无伦。

可怜夜半虚前席，不问苍生问鬼神。

原诗释义

　　汉文帝求贤，在未央宫前殿召见被贬的臣子，贾谊的政治才能无人能及。可惜文帝空谈半夜，只字不提国事民生，尽问鬼神之事。

　　这首诗托古讽今，借贾谊的经历抒发诗人怀才不遇的感慨，揭露了晚唐皇帝服药求仙、荒于政事、不顾民生的昏庸特性，寓慨于讽，很有效果。

译 文

Eager to find a smart brain

from the demoted and plain,

the King found a gifted scholar

Jiayi, an eloquent speaker.

After a close talk overnight,

the scholar puzzled by King's like.

Most of his doubts and thoughts

were about ghosts and gods.

翻译心得

　　"宣室"在这里指代皇宫。"求贤"eager to find a smart brain。"逐臣"是被贬或者弃用 demoted 的臣子。贾生即贾谊，为了明确人物，必须译出人名，还需按照诗中原意，说明他是大学者 a gifted scholar，这样就符合后面的"才调更无伦"an eloquent speaker 了。后面的讽刺用语可以对称翻译。"可怜夜半虚前席"，把"虚"的意境译成 close。再对"问鬼神"ghosts and gods 进行渲染，就能表现出君王的昏庸。

江楼感旧

（唐）赵嘏

独上江楼思渺然，月光如水水如天。

同来望月人何处？风景依稀似去年。

原诗释义

独自登上江边的高楼，思绪茫然，月光明净如水，江水明净如天。看到和去年一样曾陪我一起赏月的友人现在在哪里呢？这里的风景好像同去年一样。

赵嘏，唐代诗人。精于七律，笔法清圆熟练，不假雕饰，有《渭南集》。他的这首《江楼旧》是怀念旧友旧事的诗作。全诗语言平淡雅致，以景寄情，情感真挚。旧事则现实相间，给人以无限的遐想。

译 文

On a pavilion by river
my mind as blank as paper.
Clean as water the moonlight,
river limpid as sky night.

The moon we saw last year
is the same right here,
but where are you now buddy,
who was then my company?

翻译心得

中国古代的亭台楼阁在英语中都很难找到对应的词汇，只能做到尽量一致。比如第一句里的"江楼"，只能译成pavilion。"渺然"指的是茫然，即不知所想，译成mind as blank as paper。"月光如水"指的是水的清澈clean，"水如天"指的是天的明净limpid。

然后还是景色的缘故，让诗人想起了去年的"同来望月人"，buddy和company。最后说出了思念的缘由是"风景依稀似去年" the same right here。

江南春

（唐）杜牧

千里莺啼绿映红，水村山郭酒旗风。

南朝四百八十寺，多少楼台烟雨中。

原诗释义

辽阔的江南，到处莺歌燕舞，绿树红花映衬，临水的村庄、依山的城郭处处酒旗招展。南朝遗留下来的许多古诗，如今有多少笼罩在朦胧的烟雨之中。

杜牧的《江南春》描绘出了一幅绚丽动人的图画，呈现了一种深邃幽美的意境，给人以美的享受。诗人在缩千里江南于尺幅的同时，着重表现了江南春天掩映相衬、丰富多彩的美丽景色。其中那些屋宇重重的佛寺，本来就给人一种深邃的感觉，现在掩映于迷蒙的烟雨之中，更增加了朦胧迷离的色彩。

译 文

Orioles singing
and swallows darting,
green grass flourishing
and red flowers blooming.

Villages by lakes and mountains
shows off two or three taverns.
In a hazy mist dimly faint,
looming up temples ancient.

翻译心得

翻译第一句的时候，把"莺啼"和"绿映红"理解为两个并列的排比句，译成了很有层次感和展示感的 orioles singing 和 swallows darting，以及 green grass flourishing 和 red flowers blooming。"水村山郭"描述的是诗人看到的景致，即 villages by lakes and mountains，"酒旗风"是点睛之笔，把景点写活了，因此翻译的时候也使用了动词 show off two or three taverns 来表示动感。

"南朝"从当时的历史年代看，说的是此前的朝代，而"四百八十寺"实际上就是一个约数，因此译成 temples ancient。"烟雨中"既是指当时朦朦胧胧的雾气，又是指那些寺院在雾气中的隐隐约约。所以用了 hazy mist dimly faint 和 looming up 来浓重地渲染这种气氛。

江南逢李龟年

（唐）杜甫

岐王宅里寻常见，崔九堂前几度闻。

正是江南好风景，落花时节又逢君。

原诗释义

当年在岐王的宅邸常常见到你的演出，在崔九堂前也曾多次欣赏你的艺术。现在正好是江南风景最美的时候，在这暮春时节又遇到了你。

《江南逢李龟年》是杜甫的作品。此诗前两句是追忆昔日与李龟年的接触，以及对开元初年鼎盛时期的眷恋；后两句是对国事凋零、艺人颠沛流离的感慨。全诗语言平易而含意深远，表达了时世丧乱与人生飘零之感。

李龟年：唐朝开元、天宝年间的著名乐师，擅长唱歌。因为受到皇帝唐玄宗的宠幸而红极一时，常在贵族豪门歌唱。安史之乱后，李龟年流落江南，以卖艺为生。

岐王：唐玄宗李隆基的弟弟，本名李隆范，后为避李隆基的名讳改名为李范，封岐王，以好学爱才著称，雅善音律。

崔九：崔涤，在兄弟中排行第九，中书令崔湜的弟弟。唐玄宗时，曾任殿中监，出入禁中，得玄宗宠幸。

译 文

In the Prince's mansion

we met in various situation.

Talking with friends in residence,

your name mentioned in frequence.

When this land enjoys the scenery,

a good time of its best fancy,

I came across you in the season,

in which flowers are fallen.

翻译心得

头两句里的"岐王"和"崔九"都是具体的人，译出来会让读者感到迷惑，直接译成 the prince 和 friend，会更利于读者理解。"宅里寻常见"和"堂前几度闻"都是诗人对李龟年景仰程度的描述，采用 met in various situation 和 your name mentioned in frequence，实现了与原诗格式上的对应。

后两句如果直译，"落花时节"很容易让读者联想起悲壮的情节，把它移到前面译成 came across you in the season 和 flowers are fallen，感觉就对了。

江畔独步寻花（其五）

（唐）杜甫

黄师塔前江水东，春光懒困倚微风。

桃花一簇开无主，可爱深红爱浅红？

原诗释义

黄师塔前的一江春水缓缓东流，春日时光困倦，只想倚着春风小憩。一丛无主的桃花开得正盛，究竟是爱深红色还是爱浅红色呢？

本诗是杜甫《江畔独步寻花》的第五首。诗中描绘了一幅早春画卷，诗人的感慨之情，溢于言表。此诗题为"寻花"，实为遣愁，因而隐藏着些许悲凉的情调，突出表现了桃花之美和诗人爱花、赏花的审美心理。

译文

By the pagoda does the river flow
to the east lazy and slow.
Spring breeze warm and drowsy
making people idle and sleepy.

A cluster of peach blooms fair
flaunting without anyone's care.
Dark red or light may its color
be regarded as your personal favor.

翻译心得

鉴于后面的诗意，在翻译第一句的时候加上了 lazy and slow 来修饰江水，能起到前后呼应的效果。第二句写的是诗人当时的精神状态，用了 drowsy 和 sleepy，非常形象。

表面上看，后两句写的是桃花，实际上是在表述诗人的自由心态。"开无主" without anyone's care 尤其暗喻了这一点。而后面的选择疑问句"可爱深红爱浅红？"更是表达了极大的自由度，因此用了 may 和 personal 来体现意境。

江畔独步寻花（其六）

（唐）杜甫

黄四娘家花满蹊，千朵万朵压枝低。

留连戏蝶时时舞，自在娇莺恰恰啼。

原诗释义

　　黄四娘家周围的小路开满鲜花，成千上万的花朵，把花枝压弯，几乎触到地面。眷恋花间芬芳的彩蝶在时时飞舞，自由自在的黄莺在欢快地啼叫。

　　《江畔独步寻花》是杜甫的组诗作品，本诗是第六首。杜甫在饱经战乱之后，到了四川成都，在西郊浣花溪畔建成草堂。有了安身之所，自然就有了赏花的情趣，这首诗写的就是他赏花时的喜悦之情。该诗对所见之处进行了平铺直叙的描写，有一种宣泄情怀之感，表达了杜甫对美好生活的陶醉。

译 文

Such exuberance, the lady's flowers!
Even the paths it almost covers.
Blossoms of variety show
and branches drooping low.

Butterflies linger and dance
with intoxicating fragrance.
Those unrestrained and free warbler
crow like heartfelt laughter.

翻译心得

　　"黄四娘"是诗人的邻居，这里译成 the lady 比用拼音翻译的效果好，也显得尊重。翻译"花满蹊"时用 such exuberance 强调了花的茂盛。"千朵万朵"当然说的是多，用 blossoms 比译成 thousand 好得多。"压"是被动语态，译成 drooping 是主动语态，表现得更加形象。

　　"留连"说的是徘徊不去的蝴蝶，linger 是很恰当的动词。"自在"是最能表达当时意境的词，所以应该大肆渲染。unrestrained、free、heartfelt 这些词都是用来尽情夸张娇莺的自由神态的。

江上秋夜

（宋）道潜

雨暗苍江晚未晴，井梧翻叶动秋声。

楼头夜半风吹断，月在浮云浅处明。

原诗释义

　　苍江阴雨绵绵，时至傍晚仍未见晴，井边的梧桐叶随风摆动，飒飒有声。站在江楼上，风吹到半夜才停，乌云渐浅，但未完全散去，透出朦胧月色。

　　道潜，北宋诗僧，赐号妙总大师，著有《参寥子诗集》。他的这首诗通过描写苍江夜里阴雨转晴的变化，让读者感受到了由喧闹渐入静谧的气氛，形成了清寒冷寂的意境。全诗四句四景，分别表现了阴雨、风起、风停及将晴时分的景色，合成了一幅完整的画面。

译 文

Evening clouds overcast river,
rain doesn't cease, ever.
Leaves wave, of phoenix tree
in continuous voice free.

By midnight the wind weakens
featuring the dark pavilions.
Behind clouds thin as paint
loomed a moon quite faint.

翻译心得

　　第一句里的"暗"是动词，是阴云密布的意思，译成 overcast 很合适。"井梧"是水井旁边的梧桐，由于水井 well 一词很容易引发误读，这里略去。

　　"楼头"里的"楼"是中国古代特有的建筑，英文里没有对应词，译成 pavilions 勉强可以。"风吹断"原意说风停了，这里译成 weakens 也合适。"浮云浅处"即比较薄的云层，加上 thin as paint 既表明原意，又形成韵脚。

金陵晚望

（唐）高蟾

曾伴浮云归晚翠，犹陪落日泛秋声。
世间无限丹青手，一片伤心画不成。

原诗释义

曾经伴随着浮云归入夜晚的苍翠森林之中，也曾陪伴着落日发出晚秋的自然音声。这世上有无数的丹青圣手，却没有人能把我此刻愁苦的心境描画出来。

高蟾，唐代诗人，著有诗集一卷。在这首诗里，高蟾把心中的凄婉写得入情入境，既让人有触景生情之感，又让人陡然生出世间解我伤心之人难见的孤寂之情。读来心寒神冷，不知所以。

译 文

On the night city wall,
following clouds, my moods fall.
Grieved sighs one another,
sunset lonely and bitter.

So many masters so smart
in the domain of painting art,
anyone to portrait a single part
of my inconsolable broken heart?

翻译心得

上阕"曾伴浮云归晚翠，犹陪落日泛秋声"要求写实性的翻译手法，因此把浮云译成 floating clouds，晚翠译成 dark forest，秋声译成 grieved sighs。句末为了照顾韵脚，加上了 bitter 一词。

下阕是诗人的有感而发，翻译时可以发挥想象力。"世间"实际上指的是在丹青绘画这个领域之内 in the domain of painting art，"无限丹青手"指的是 so many masters so smart。翻译最后一句的时候采用了对应手法，"一片" a single part，"伤心" inconsolable broken heart，最后把"画不成"用疑问的形式译出，有异曲同工的效果。

金陵五题·石头城

（唐）刘禹锡

山围故国周遭在，潮打空城寂寞回。
淮水东边旧时月，夜深还过女墙来。

原诗释义

　　群山依旧，围绕着废弃的故都，潮水如昔，拍打着寂寞的城，又叹息着默默退去。只有年年从秦淮河东边升起的明月，仍旧在城垛后面升起，窥视着昔日的皇宫。

　　《石头城》是刘禹锡组诗《金陵五题》的第一首，全诗着眼于描写石头城周围的地理环境，在群山、江潮、淮水和月色中展示了古城的荒凉和寂寞。此诗格调苍凉，境界空阔，感慨深沉，历来备受赞誉。在写作手法上，这首诗独辟蹊径，避开了和金陵、六朝有关的所有史实，将对古城的感情寄托在貌似无关的周边景物中，以一种今昔对比的表达结构，向读者展示了六朝古都金陵昔日的繁华和今日的荒凉，虚实并举，极富感染力。

译 文

Surrounded in mountains the old city,
its bustling in old days now empty.
Against walls the river tides beat,
aware of its desolation, would recede.

Only the moon the persistent lover
would rise at night from the river,
to visit its dilapidation
behind the parapet, same affection.

翻译心得

　　第一句的语意比较隐晦，只说了"故国"，没有直说其繁华不再，因此需要在翻译时补充上 its bustling in old days now empty，不然就不好理解了。同样，第二句中的"潮"之所以"打空城寂寞回"，也是因为看到了老城的荒凉 aware of its desolation。

　　后两句是诗人对世态炎凉发出的感慨。强调只有一轮明月还是不忘旧情 the persistent lover，每晚在淮水东边依旧升起 rise at night from the river。最后一句"夜深还过女墙来"behind the parapet，是以动态形式展示了明月的多情。

金缕衣

（唐）杜秋娘

劝君莫惜金缕衣，劝君惜取少年时。

花开堪折直须折，莫待无花空折枝。

原诗释义

我劝你不要太注重追求功名利禄，要珍惜少年求学的最好时期。花开了可以折取的时候就要尽量去折，不要等到花谢时只折了个空枝。

《金缕衣》又名《金缕曲》《杂诗》，是唐诗名篇。诗的主题是珍惜青春和光阴。杜秋娘，唐代金陵人，十五岁被纳入官中，受到唐宪宗宠幸，元和十五年赐归故乡。杜牧在金陵见到她之后，作了《杜秋娘诗》，简述了她的身世。

译文

Please treasure not

gold–thread dress ancient,

but take the time worthy

when young and innocent.

Pick the flowers

when blooming in profusion

rather than branches

when flowers out and barren.

翻译心得

第一句开头诗人用的"劝君"，显然是取委婉之意。因此在使用祈使句之前加上一个 please，更符合原意。为了与下一句形成韵脚，加上了 ancient。第二句的"劝君"和"惜"都与第一句内容重复，按照英语的习惯，不应该重复出现。因此用了一个 but 就解决问题了。

下阕的"花开"译成 blooming in profusion，与后面的折枝形成了鲜明的对比。"莫待"在翻译的时候理解为"而不是"，字面表现为 rather than，与上一句关联得比较好。"无花"译成 out and barren 既表意又押韵。

近试上张水部

（唐）朱庆馀

洞房昨夜停红烛，待晓堂前拜舅姑。

妆罢低声问夫婿，画眉深浅入时无。

原诗释义

　　新婚卧室昨夜花烛彻夜通明，等待第二天早晨去拜见公婆。梳洗打扮好后轻声问丈夫：我的眉毛画得浓淡可合时兴？

　　《近试上张水部》是唐代诗人朱庆馀在科举前呈现给张籍的诗。此诗以新妇自比，借以征求张籍的意见。该诗手法奇妙，视角独特，最后一句"画眉深浅入时无"，将自己对仕途的担忧比作新妇见公婆之前的紧张不安，一语双关，用心良苦。

译　文

Nuptial chamber was bright
with burning candles through last night.
Next morning we ought
to kowtow to my parents in law.

After making up I inquire
to my husband in a bashful whisper.
Are my delicate eyebrows
to their liking did I penciled?

翻译心得

　　Nuptial chamber 就是英语的"洞房"，"停红烛"指的是通宵明亮 bright with burning candles through last night。"舅姑"在古汉语里指的是公婆，即 parents in law。因为这是古时候的风俗，是必须得做的事，用了 ought to。

　　"低声问"用 inquire in a bashful whisper，既形象又押韵。"画眉"英语为 to pencil eyebrows，"入时无"指是否时兴，也可理解为是否符合公婆的审美，因此译成 to their liking。

泾 溪

（唐）杜荀鹤

泾溪石险人兢惧，终岁不闻倾覆人。
却是平流无石处，时时闻说有沉沦。

原诗释义

　　泾溪水流湍急，里面的礁石很险，人们在摆渡过河的时候都非常小心，所以终年都不会听到有人掉到里面淹死的消息。而恰恰在水流缓慢没有礁石的地方，经常听到有人被淹死的消息。

　　杜荀鹤，字彦之，自号九华山人，中年始中进士。其诗语言通俗、风格清新，后人称"杜荀鹤体"。《泾溪》是他写的一首哲理诗，它告诉人们要居安思危，处盈虑亏。

译 文

Waves wild in Jingxi River,
reefs sharp and full of danger.
Ferryman alert and prudent,
nothing happened as an incident.

But the slow waters to mock,
which flows without any rock,
drownings often heard,
in all folk's talk.

翻译心得

　　"泾溪"Jingxi River 在这里特指诗中描述的河流。第二句"终岁不闻倾覆人"与前面的"石险人兢惧"在逻辑上是转折关系，翻译的时候处理成因果关系，异曲同工。

　　下阕与上阕形成了对照，突出了原诗的比喻功能。为了尊重原文，"却是"译成but。to mock 是译者加上的想象，意为对"安全的地方居然会死人"的一种嘲讽。"平流无石处"译成 which flows without any rock，都是"信"的落实。而"时时闻说"drownings often heard，in all folk's talk 几乎是逐字对称，做到了翻译标准中的"达"。

九月九日忆山东兄弟

（唐）王维

独在异乡为异客，每逢佳节倍思亲。

遥知兄弟登高处，遍插茱萸少一人。

原诗释义

一个人独自在他乡作客，每逢节日就会加倍思念远方的亲人。遥想兄弟们今日登高望远，头上插满茱萸的只少我一人。

《九月九日忆山东兄弟》是王维因重阳节思念家乡的亲人而作的七言名篇。这首诗文字朴素，但对游子的思乡之情表达得淋漓尽致。诗意朴素自然又曲折有致，其中"每逢佳节倍思亲"更是传诵千古的名句。

九月九日：即重阳节。古以九为阳数，故曰"重阳"。

茱萸：一种香草。古时人们认为重阳节插戴茱萸可以辟邪。

译 文

Being a stranger

in a strange place,

I am more nostalgic

when a festival to face.

In my mind's eye

brothers are ascending high,

cornels on heads

of everyone but me at sight.

翻译心得

在翻译第一句时，只要一个 stranger 就可以把"独"和"异"都表达出来了。"思亲"英语里有对应的词 nostalgic，"逢"译成 face，可以和上面形成韵脚。

"遥知"的意思是想象在遥远的地方发生的事情，即 in my mind's eye。"登高处"，这里照直翻译了。"遍插"指的是所有人，为了突出没有我，用了 everyone but 这个句式。

菊 花

（唐）元稹

秋丛绕舍似陶家，遍绕篱边日渐斜。

不是花中偏爱菊，此花开尽更无花。

原诗释义

丛丛秋菊环绕着房屋开放，看上去就像是爱菊的陶渊明的家，绕着篱笆观赏菊花，不知不觉天色已晚。不是因为百花之中偏爱菊花，只是因为菊花开过之后就没有别的花可赏了。

这首诗从咏菊这一平常的题材，发掘出不平常的诗意，给人以新的启发，显得新颖自然，不落俗套。写作手法也很巧妙，前两句写赏菊的实景，渲染爱菊的气氛，第三句是过渡，紧跟着第四句吟出生花妙语，不仅开拓了一个美的境界，而且增强了个性魅力。

译 文

Around farmhouse mums bloom,

as if it's Tao Yuanming's home.

My joy over the flowers so keen

that nightfall was hardly seen.

Not because mums are to my favor

compared to flowers any other,

but after its blooming hour

there would be no more flower.

翻译心得

第一句是个缩略句，"秋丛"就是一丛丛的秋菊 Autumn mums，"陶家"指的是大文豪陶渊明的家，这里只能用拼音直译，然后加注解，不然读者很难理解为什么这里会出现陶渊明。第二句是严重的省略句，我"遍绕篱边"赏菊 joy over the flowers，不知不觉中"日渐斜"nightfall，后面加上 was hardly seen 更增加了忘情之感。

后两句是对前面行为的解释："偏爱菊"译成 to my favor，"此花开尽更无花"there would be no more flower，用单数表决绝之意。

绝 句

（唐）杜甫

两个黄鹂鸣翠柳，一行白鹭上青天。

窗含西岭千秋雪，门泊东吴万里船。

原诗释义

两只黄鹂在翠绿的柳树间婉转地鸣叫，一行白鹭直冲向蔚蓝的天空。坐在窗前，可以望见西岭上终年不化的积雪，门前停泊着来自万里之外的东吴的船只。

《绝句》是杜甫的作品。全诗以完美对仗的形式描绘了一幅绝美的人间图景。前两句由近及远，后两句由远及近，从林间到天上，从山上到水里，把读者带入了一个立体的美好世界。

译 文

On green willows
stand tweeting orioles.
In blue sky,
white egrets fly.

Through the window
are mountains covered with snow.
Out of the doorway below,
berths a long voyage boat.

翻译心得

全诗都用一个韵脚翻译出来，很难，很少见。第一句中的"鸣"可以有几个词来对应，但是 tweeting 更有意境。使用 fly 描写白鹭，更增添了动感。

后两句是古汉语的凝练之笔。"窗含"实际上指的是透过窗户能看到的景色，但是这个"含"非常形象地表现出了这种如诗如画的景致，这一点用英语很难译出对应的效果。"西岭"就是指山，而"千秋雪"说的是山上终年积雪，译成 mountains covered with snow。"门泊"是靠着门停着，为了照顾韵脚，在 doorway 后面加上了 below，有了出门下台阶的立体感。"万里船"则是说该船远航而来了，是 a long voyage boat。

绝 句

（宋）陈师道

书当快意读易尽，客有可人期不来。
世事相违每如此，好怀百岁几回开？

原诗释义

一旦遇到称心满意的书，总是很快就读完了。想与意气相投的朋友见面却久盼不来。人世间的事，总是这样与人的心意相违背，人生百年，有多少次能够欢笑开怀呢？

陈师道，北宋诗人，与苏轼、曾巩等交好。绍圣元年遭谪后居家六年，病卒。他在这首诗里讲出了很多人的生活感受：希望和现实总是发生矛盾，不如意者十居八九。作者的这种感受，和他的生活经历密切相关。当时诗人困居徐州，生计维艰。这样的生活处境，让作者对人生产生了无限慨叹。

译 文

A book in favor,
finishes reading sooner.
A friend cherished better,
much harder to encounter.

These things happen
though life smooth and even.
Quite seldom to see
our wishes they meet.

翻译心得

翻译上阕的两句时，用了英语中的 the more…the more… 句式，既朗朗上口又清晰明了。其中"客有可人"比较不容易理解，其实就是我们中意的朋友 a friend cherished。

第三句直接用了口语化的安慰方式 these things happen，意思是"这种事哪里都有，算了吧"，正好与"世事相违每如此"意义相符。而最后一句"好怀百岁几回开"又和汉语中的"人生不如意事十之八九"异曲同工，英语为 to see someone's wish。

绝 句

（宋）志南

古木阴中系短篷，杖藜扶我过桥东。

沾衣欲湿杏花雨，吹面不寒杨柳风。

原诗释义

　　把带篷的小船系在参天古树的浓荫下，拄着拐杖慢慢走到桥的东边。阳春三月，杏花开放，绵绵细雨像故意沾湿我的衣裳似的下个不停。吹拂着脸庞的微风已感觉不到寒意，嫩绿的枝条随风舞动，格外轻扬。

　　《绝句》是南宋僧人志南（法号）创作的诗。该诗表达了诗人在微风细雨中拄杖春游的乐趣。由于年代久远，志南的生平资料已经无从考证。但诗人凭这一首诗，以及对早春二月的细腻感受和真切描写，就被载入了宋代诗史。

译 文

My little awning boat

tied up in shade of a camphor old,

with walking stick my helper

crossed the bridge I went over.

Drizzle in a pricot season

as if to rain me wet as well.

A warm breeze did blow

over my face, to the willow.

翻译心得

　　"古木阴"还是用单数好，能显出一棵参天古树遮天蔽日的气势。"短篷"指的是小乌篷船 little awning boat。"扶"这个动词用得活灵活现，这里虽然做了对应处理，但是 my helper 远不如原诗的意境好。

　　后两句是倒装式的比喻，杏花雨，有沾衣欲湿之感 as if to rain me wet as well。"吹面不寒"说的是春风的温暖，而翻译"杨柳风"时为了押韵，把 blew 变成了did blow。

客中行

（唐）李白

兰陵美酒郁金香，玉碗盛来琥珀光。

但使主人能醉客，不知何处是他乡。

原诗释义

兰陵的美酒甘醇，像郁金香芬芳四溢，盛在玉碗里，看上去犹如琥珀般晶莹。只要主人同我一道尽兴畅饮，定能醉倒他乡之客，最后哪能分清何处是故乡呢？

《客中行》是李白的一首七言绝句，出自《全唐诗》。此诗一反游子羁旅乡愁的古诗文传统，抒写了诗人身虽为客，却因为受到主人的热情接待而忘却身在他乡的乐观态度。该诗充分表现了李白豪放不羁的个性，并从一个侧面反映出盛唐的时代气氛。

译 文

Rich in bouquet

the quality liquor,

filled in cup of jade,

shines like amber.

Suppose the host would

drink dead with me,

nobody cares

whose hometown it could be.

翻译心得

这里的"兰陵美酒郁金香"中的几个词如果使用拼音翻译过来，反而会让读者迷惑，所以就把第一句译成了富有香气的美酒 rich in bouquet the quality liquor。而"玉碗"和"琥珀"在语言上是互通的，就照直翻译了。

"但使"在古汉语中指的是"假如"，用 suppose 来翻译很合适。"醉客"就是与客人同醉，英语是 drink dead。最后一句的"不知"实际上是说不管了，就是英语里的 nobody cares。

口占答宋太祖述亡国诗

（五代）花蕊夫人

君王城上竖降旗，妾在深宫那得知？

十四万人齐解甲，更无一个是男儿！

原诗释义

君王在城头上竖起了降旗，我在宫内哪里知道？十四万将士不战而降，难道再没有一个是男子汉？

《口占答宋太祖述亡国诗》是五代时期女诗人花蕊夫人写的诗。该诗个性色彩鲜明，不但表现了廉耻之心，而且展示了几分胆气。这些话发自一个女人之口，真是让一众男儿羞愧难当。

花蕊夫人，后蜀后主孟昶的贵妃，号花蕊夫人。宋太祖赵匡胤灭了后蜀之后，因久慕花蕊夫人的才名，召见并命她赋诗一首，花蕊夫人写了这首满怀亡国之恨的《口占答宋太祖述亡国诗》。

译文

The king surrendered
on the gate of city wall,
I, a rani in harem,
was not aware at all.

Military disarmament
was unanimously done,
not even one of you was a man.

翻译心得

第一句"君王城上竖降旗"属于平铺直叙，直接对应翻译成 the king surrendered on the gate of city wall 即可。"妾"比较难以理解，因为这是汉语里女性的谦称，只能用 I，然后在后面用一个名词 rani 来补充说明。

这里的"十四万人"是个具体数字，但是整首诗的翻译框架不允许有长句，因此把 tens of thousands 改成了 military disarmament，即"军事解甲"。最后一句是谴责，但是句意浅显，不难翻译。

哭晁卿衡

（唐）李白

日本晁卿辞帝都，征帆一片绕蓬壶。

明月不归沉碧海，白云愁色满苍梧。

原诗释义

日本友人晁衡，辞别长安回家乡日本，乘坐帆船远去东方蓬莱、方壶。他如同明月沉入大海一去不返，我对你的思念之情，就像苍天上的白云一样笼罩着苍梧山。

晁卿衡：即晁衡，日本人，原名阿倍仲麻吕，《旧唐书·东夷·日本国传》译作仲满。公元717年来中国求学，改姓名为朝衡，朝通"晁"。

译 文

After saying farewell
Chaoheng left our capital.
On a ship back to Japan
crashing the Penglai Isle.

Body unseen in the wreck,
thus never would he come back.
Just like moon in the sea,
being missed, cannot meet.

翻译心得

原诗中未提及归乡一事，因此把 Japan 加在译文里，便于读者领会后面诗句中的逻辑。"征帆一片"是以点带面的手法，就是指乘船 on a ship。"绕蓬壶"的蓬壶是海难发生的地方，翻译的时候把诗中的比喻"明月不归沉碧海"以务实的手法还原为 Body unseen in the wreck，thus never would he come back。最后一句"白云愁色满苍梧"表达的是诗人的情感。

离思五首（其四）

（唐）元稹

曾经沧海难为水，除却巫山不是云。

取次花丛懒回顾，半缘修道半缘君。

原诗释义

曾经见过沧海横流的人，别处的水再也不值得一观；看过巫山浮云的人，不会把别处的云称为云。我即使是从百花丛中走过，也懒得回头看这些花朵，一半是因为修道人的清心寡欲，一半是因为曾经拥有过的你。

《离思五首》是唐代著名诗人元稹写的悼亡绝句。诗人运用"索物托情"的比兴手法，在回忆夫妻之间的恩爱的同时，抒发了对亡妻忠贞不渝的爱情和刻骨的思念。"曾经沧海难为水，除却巫山不是云"两句，在表达对爱情的至诚方面，已经成了千古绝唱。这种痛彻心扉的表白，对于所有失去爱人的人，都会引发强烈共鸣。

译 文

Once besieged by sea water,

no water at all any other.

Once obsessed with Wushan cloud,

of no cloud anywhere be proud.

Walking in jungles of flower,

no mood to look one another.

Half because I am a ascetic noble,

half because you are indelible.

翻译心得

翻译前面两句时，都隐藏了句子的条件形式"如果……就……"，所以在译文中进行了补足 once，这样就会让读者更清楚诗人的意图。"巫山"是特指，这里不能以泛指的形式翻译，只好采用拼音形式。

后两句隐藏了主语，翻译的时候采用了对等手法。但是"懒回顾"是没有心情看，所以用了 no mood。"半缘修道半缘君"看似蕴含深刻，但是字义浅显，直接翻译就行。

凉州词

（唐）王翰

葡萄美酒夜光杯，欲饮琵琶马上催。

醉卧沙场君莫笑，古来征战几人回？

原诗释义

　　酒筵上甘醇的葡萄美酒盛满在夜光杯中，刚要开怀畅饮，忽然，马上传来了铮铮的琵琶声，这是催人出战的号令。如果醉倒在沙场上，请你不要见笑，从古至今四处征战的人，有几个能活着回来呢？

　　王翰，唐代著名边塞诗人。其诗大多吟咏沙场少年、玲珑女子以及欢歌饮宴等，表达对人生短暂的感叹和及时行乐的旷达情怀。《全唐诗》录其诗一卷，共十四首，代表作有《凉州词（二首）》《饮马长城窟行》等。这首凉州词渲染了出征前战士们痛快豪饮的酒筵场面，表现了战士们将生死置之度外的旷达、奔放的思想感情。

译文

Vintage wine

in cups of jade fine,

just about to drink to fill,

when suddenly urged to battle.

Please do not laugh

at us drunk on field tough.

Those went to battles bravely

came back only a few, finally.

翻译心得

　　"葡萄美酒"是美的 vintage 葡萄酒 wine。"夜光杯"即精致的酒杯，为了押韵，把 fine 放在后面。"欲饮琵琶"的通俗理解是在音乐声中痛饮，译成 drink to fill。"马上催"指的是消息来得很急，从上一句接下来，为了显得连贯就用了一个主语。

　　"醉卧沙场"说的是酒没喝完就上战场了，所以出现了 laugh at us drunk on field tough。最后一句"古来征战几人回"既表达了豪情也表达了悲观，came back only a few。

凉州词（其一）

（唐）王之涣

黄河远上白云间，一片孤城万仞山。

羌笛何须怨杨柳，春风不度玉门关。

原诗释义

　　黄河好像奔流在缭绕的白云之间，玉门关孤独地耸峙在高山中。何必用羌笛吹起那哀怨的杨柳曲去埋怨春光迟迟不来呢，原来玉门关一带春风是吹不到的啊！

　　王之涣，盛唐时期著名诗人。其诗多被当时乐工制曲歌唱。这首诗把戍边士兵的情怀写得慷慨悲壮，丝毫没有颓丧消沉的情调，充分表现出盛唐诗人的豁达广阔胸怀。《凉州词》因此成为"唐音"的典型代表。

译 文

Huanghe River goes far and high
into clouds remote and white.
Among numerous peaks bare
an isolated town is seen there.

Flutes are heard complaining
the willows showing no spring,
the town here is not alive
spring winds could hardly arrive!

翻译心得

　　第一句中的"黄河"属于专有名词，已经有了固定的翻译名词，因此直接套用。第二句承接第一句的描述，有一片孤城 an isolated town 在万仞高山 numerous peaks 中出现。

　　后两句中的"羌笛"是少数民族乐器，如果对称翻译，"羌"就很不好解释，不如用泛指的 flutes。"怨杨柳"说的是抱怨柳树没有春色显露，即不报春 showing no spring。最后一句"春风不度玉门关"给出了不报春的原因——这里太偏远荒凉了，春风过不来 could hardly arrive。

陇西行四首（其二）

（唐）陈陶

誓扫匈奴不顾身，五千貂锦丧胡尘。

可怜无定河边骨，犹是春闺梦里人！

原诗释义

誓死横扫匈奴，在战斗中奋不顾身，五千身穿锦袍的战士战死在北方沙漠之中。但是让人觉得可怜的是，这些将士已经变成无定河边的累累白骨，还是少妇们春闺里思念的梦中人。

陈陶，字嵩伯。唐宣宗时隐居洪州西山，后不知所终。他的这首《陇西行》反映了唐代长期的边塞战争给人民带来的巨大痛苦。诗中把死生虚实相对，宛若电影中的蒙太奇手法，诗情凄楚，吟来潸然泪下。

译 文

Regardless of harsh dangers
against the Huns fought our soldiers.
Five thousand altogether
died in desert forever.

The hardest thing to stand,
that bodies buried in sand,
wives still dreaming to reunite
with their husbands at night.

翻译心得

"奋不顾身"的英语表达，是 regardless of harsh dangers。翻译第一句的时候用了两个倒装，先是把奋不顾身放在了前面，再就是把 fight against 也进行了倒装处理。"貂锦"是士兵的代名词，而"丧胡尘"就是死在沙漠中。为了照顾韵脚，加上了 forever。

最后两句"可怜"有两层意思，既说妻子们可怜，又说读者心中难忍，因此译成了 the hardest thing to stand。"梦里人"是盼着他们回家团聚 dreaming to reunite with their husbands at night。

论诗五首（其三）

（清）赵翼

只眼须凭自主张，纷纷艺苑漫雌黄。

矮人看戏何曾见，都是随人说短长。

原诗释义

在乱纷纷的艺苑里，人们对事物的说法不一，对同一问题的看法也五花八门。这种情况的出现，就如同矮人看戏，自己什么也没看见，对戏的好坏心中没数，只是听别人怎么说就随声附和罢了。

赵翼，清代文学家、史学家、诗人，与袁枚、张问陶并称清代性灵派三大家，所著《廿二史札记》与王鸣盛《十七史商榷》、钱大昕《二十二史考异》合称"清代三大史学名著"。在《论诗五首（其三）》一诗中，他针对诗苑里鱼龙混杂、良莠不齐的乱象有感而发，指出文艺批评应有独到的见解，不可鹦鹉学舌，人云亦云。

译文

In a poets circle,
various opinions intermingle.
A critic eye unique is needful
in this world rough and tumble.

Like a dwarf watching play,
too short to see actors anyway.
Others' perspectives evil or gay,
is what he would always copy.

翻译心得

诗人在表达头两句的意思时，用的是倒装的手法。实际上是先有"纷纷艺苑"poetic circle "漫雌黄"various opinions intermingle 的状况，才会出现"只眼"a critic eye unique "须凭自主张"的局面。

后两句以打比方的形式来讽刺那些没有主见的人。"矮人看戏"a dwarf watching play，"何曾见"to see actors anyway。"都是随人"copy others' perspectives，"说短长"evil or gay。

梅花七绝

（宋）陈师道

清寒池馆静无尘，岁岁相逢似故人。
任遣墙头疑似雪，欲教园主早知春。

原诗释义

　　我家池塘非常干净，不见尘土，每年这个时候，梅花会在清冷的池塘边上开放，所以见到梅花就像见到了老朋友一样。朵朵梅花爬满了墙头，乍看上去以为是下雪了，其实它是想告诉我，今年的春天已经来到了。

　　陈师道，北宋官员、诗人，苏门六君子之一，江西诗派重要作家，著有《后山先生集》《后山词》。这是他的一首咏物诗，诗中采用白描加想象的手法，既描述了梅花的洁白美丽，又表达了梅花的活灵活现。

译 文

In my clean and chilly pond,
Timely Wintersweet bloom around.
Meet them here every year,
dated as old friend so dear.

Scrawling on wall free and slow,
white and pure, doubted as snow,
as if urging us eagerly
spring comes very early.

翻译心得

　　第一句写的是梅花开放的地点，即"清寒池馆"chilly pond。"静无尘"是对景色纯净的一种衬托。第二句则表述了诗人对梅花的美好情感。"岁岁相逢"timely 加译了地点 here，显得守约。"似故人"dated as old friend so dear 加译了 dated，来表示关系亲近。

　　后面两句是抒怀之句。语句简明，直译无妨。

美人对月

（明）唐寅

斜髻娇娥夜卧迟，梨花风静鸟栖枝。

难将心事和人说，说与青天明月知。

原诗释义

　　美人的发髻松松斜斜，天很晚了，她躺在床上睡不着，夜静谧，风静吹，孤鸟与梨花相依相偎。很多心事，找不到合适的人倾诉，只好独望苍天，说与明月。

　　唐寅，字伯虎，明代著名画家、文学家。与祝允明、文徵明、徐祯卿并称"江南四大才子"。他的这首诗情景结合，相互交融，寓情于景，借景抒情，既有静夜幽思，又有美人伤景，环境刻画细腻，人物形象突出，可谓妙笔神工。

译　文

Hair loose and lazy

on bed lies the beauty.

Birds on branches asleep

pear blossom white as sheep.

Hardly to find the right man

who shares my worry and fun.

Only the moon in sky

my soulmate at night.

翻译心得

　　"斜髻"hair loose and lazy 用来描述美人 beauty 的慵懒。"娇娥"是美人的代名词。"梨花"这里加了一些修饰成分，主要是为了形成韵脚。"鸟栖枝"译成 birds on branches asleep，属于直译。

　　"心事和人说"实际上是要找到中意的人，即 find the right man。翻译最后一句"说与青天明月知"的时候加上 only，可以强调语气，而 soulmate 可以直接取用，言简意赅。

墨 梅

（元）王冕

我家洗砚池头树，朵朵花开淡墨痕。
不要人夸好颜色，只流清气满乾坤。

原诗释义

　　我家洗砚池边有一棵梅树，朵朵盛开的梅花都像是用淡淡的墨汁点染而成的。不需要别人去赞许它的颜色如何美丽，只是要把清香之气萦绕于天地之间。

　　王冕，字元章，元朝著名画家、诗人、篆刻家。一生爱好梅花，画作艺术价值极高，对后世影响较大，存世画迹有《南枝春早图》《墨梅图》等。《墨梅》是他题咏自己所画梅花的诗作。诗中的墨梅劲秀芬芳、卓尔不群，不仅反映了他梅花的风格，也反映了作者的高尚情趣，表明了不向世俗献媚的纯洁操守。全诗诗情画意融合无间，意蕴深邃，实为题画诗中的上乘之作。

译 文

On the wintersweet by pond alone
in which I wash my ink stone,
its flowers bloom bright,
with ink traces dimly light.

Filling up every corner
with fragrance rather
than being referred
as a riot of color.

翻译心得

　　"池头树"指的是梅树，应该译成 the wintersweet。"洗砚池"在英语里没有对应的名词，只能用解释的手法译出。第二句看似繁杂，实际上是可以直接做对称翻译的。墨痕之淡，应该是那种隐约可见的程度，因此在 light 前面再加上一个 dimly，效果就明显了。

　　下阕是全诗的升华之笔，既写物又咏志。但是细品其中的逻辑关系，应该是"宁愿……也不……"，所以翻译的时候用了 rather…than…。而"好颜色"译成 riot of color，是取 riot 一词的"五彩缤纷"之意，原诗的意境跃然纸上。

墨竹图题诗

（清）郑燮

衙斋卧听萧萧竹，疑是民间疾苦声。
些小吾曹州县吏，一枝一叶总关情。

原诗释义

躺在衙门的书房里，听到竹叶传出沙沙的声音，总感觉那是民间百姓对生活苦难的抱怨之声。我们虽然只是州县里小小的官吏，但是老百姓的生活状况，就像这卧室外竹子的枝叶之声，牵动着我们的感情。

这首诗是郑燮（郑板桥）在乾隆年间出任山东潍县知县时写的。当时山东受灾，饥民无数，百姓的疾苦声不绝于耳。此诗描述了郑燮虽然官职卑小，也在为灾民奔波以至于夜不能寐，表明了他为官爱民的赤子之心。

译 文

Bamboo leaves rustle, and
wakes me up at night middle,
which sounds like folk cry
of hardships bitter to try.

Though being juniors official,
clerks of nothing special,
my affections tremble,
when facing folk's trifle.

翻译心得

本诗开始的"衙斋"是诗人睡觉的地方，可以忽略不译。该句的重点在"萧萧"二字，译成 bamboo leaves rustle，表示的是凄冷之声，所以才会引发诗人的联想，以为是"民间疾苦声"facing folk's trifle。

后两句是诗人自喻。虽然我们只是"些小吾曹" clerks of nothing special 的"州县吏" juniors official，但是百姓的疾苦"一枝一叶"facing folk's trifle，"总关情"my affections tremble。

暮江吟

（唐）白居易

一道残阳铺水中，半江瑟瑟半江红。
可怜九月初三夜，露似真珠月似弓。

原诗释义

晚霞倒映在江面上，江水一半呈现出深深的碧色，一半呈现出红色。最可爱的景色应该是在九月初三夜里，那时候露珠像珍珠，月亮像弯弓。

《暮江吟》是白居易创作的一首七绝。诗人描写了红日西沉到新月东升这一段时间里的两组景物，用比喻手法创造出和谐、宁静的意境，表现出诗人内心深处的情思和对大自然的热爱之情。全诗语言清丽流畅，绘影绘色，历来备受称道。

译 文

The setting sun
half hidden behind mountain,
makes the river
a half red and half green reflection.

But the most charming scene
at night will be seen
is when dew is like a pearl
and moon is like a bow.

翻译心得

第一句中的"残阳"，意思是快落山的太阳的光，可译成 half hidden behind mountain。第二句中的"瑟瑟"指的是水中倒映的绿色山影，而夕阳的倒影则是红色的，因此就成了 a half red and half green reflection。

第三句中的"可怜"说的是可爱，而且从诗人的语境中可以看出，这是他认为最美好的景致，因此译成 the most charming scene。"九月初三夜"没有特指的意义，就忽略不译了。翻译最后一句时，使用了与原诗结构相同的对称手法，把"露似真珠月似弓"译成了 dew is like a pearl and moon is like a bow。

牧 童

（唐）吕岩

草铺横野六七里，笛弄晚风三四声。

归来饱饭黄昏后，不脱蓑衣卧月明。

原诗释义

　　无边的野草铺展在旷野，晚风中传来牧童断断续续的笛声。牧童放牧归来，在吃饱晚饭后的黄昏时分，连蓑衣都不脱，躺到草地上看明月当空。

　　吕岩，字洞宾，唐末著名道士，神话故事中的八仙之一。吕洞宾本一儒生，因科场不利，转而学道。《全唐诗》录存其诗四卷。《牧童》是吕岩创作的一首七言绝句。这首诗展示了一幅鲜活的牧童晚归休憩图，反映了牧童生活的恬静与闲适，表达了诗人内心世界对远离喧嚣、安然自乐的生活状态的向往。

译 文

Wild grass spread over
on open field moor.
Flute of shepherd boy faint
vague in night wind distant.

Grazing whole day brought hunger
and he ate too much at dinner.
Raincoat still on and holding the spoon
he falls asleep under the early moon.

翻译心得

　　第一句里的"六七里"和"三四声"都是约数，没有必要做细致的对应翻译。但是要把诗人的意境体现出来，就用了 the open field moor 和 ild grass spread over 来进行意译，做到传神。

　　诗人在后两句着重描述了牧童的质朴和憨态。"归来"可以理解为放牧了一天 grazing whole day 之后回来。"蓑衣"是中国特有的，只能用 raincoat。直译"卧月明" falls asleep under the early moon，就把牧童的睡态活生生地表现出来了。

南园十三首（其五）

（唐）李贺

男儿何不带吴钩，收取关山五十州。

请君暂上凌烟阁，若个书生万户侯？

原诗释义

男子汉大丈夫为什么不手执宝刀奔赴疆场，去收复那黄河南北割据的关山五十州？请你登上那画有开国功臣的凌烟阁去看看，有哪一个书生曾被封为食邑万户的列侯呢？

李贺，字长吉，与李白、李商隐并称"唐代三李"。李贺是中唐重要的作家，他作诗想象奇特、辞采奇丽，独树一帜。但由于过分标新立异，有的作品晦涩难懂。李贺这首诗既顿挫激越又直抒胸臆，把家国之痛和身世之悲都淋漓酣畅地表达了出来。

译 文

As a man I should fight
in battlefield day and night,
to recover the lost territory
occupied by another country.

But if you take one day free
to visit the portrait gallery,
could you find any one heroic
of a scholar so pedantic?

翻译心得

"吴钩"是当时的名刀，而"带吴钩"就是挥刀战斗之意，即 fight in battlefield。"收取"在这里是"收复失地"recover，"关山五十州"是当时的领土名，这里译作被侵占的领土 the lost territory occupied by another country。

下阕诗意大转，以反问的形式直接否定了上阕。"暂"指的是不用花费太多时间，这里译成 take one day free。"凌烟阁"是展示功臣画像的地方 the portrait gallery，"若个"是古汉语，意为"哪个是"，译成 any one。"书生万户侯"展开来讲就是："有书生成为万户侯的吗？"于是用了 schdar so pedantic。

农 家

（唐）颜仁郁

半夜呼儿趁晓耕，羸牛无力渐艰行。

时人不识农家苦，将谓田中谷自生。

原诗释义

半夜里把孩子们喊起来，趁着天刚亮赶紧去耕田，瘦弱的老牛有气无力，拉着犁在田里艰难地走着。人们不知道种田人的辛苦，就以为田里的稻子是自己长出来的呢。

颜仁郁，字文杰，号品俊。博览经史，博学多才，胸有抱负。他生活在社会动荡不安、人民水深火热的晚唐年代，写下了许多忧国忧民、揭露时弊的诗篇。他的这首诗反映了当时农民生活的艰苦，表达对农民的同情和对"时人"的批评。尤其是后两句，常被后人用来讥讽那些不知耕作辛苦、不懂谋生艰难、耽于吃喝玩乐的人。

译 文

Children called at night middle
to cultivate at dawn on soil.
The thin, weak, old cow
pulls very hard the plough.

People not from farm yard
don't know farming is hard.
Nature, they would say,
grows food anyway.

翻译心得

上阕语言平直，可以对称翻译。为了形成韵脚，把 midnight 改成了 night middle。"羸"字面意义是老弱无力 thin, weak, old。

"时人"既可以理解为这个时代的人，也可以理解为不做农活儿的人，为了避免歧义，译成了 people not from farm yard，这样界限就清晰了。"田中谷自生"就是自然造物的说法，加上 anyway，可以愈发凸显他们的无知。

偶 成

（宋）朱熹

少年易老学难成，一寸光阴不可轻。

未觉池塘春草梦，阶前梧叶已秋声。

原诗释义

青春的日子容易逝去，学问却很难成功，所以每一寸光阴都要珍惜，不能轻易放过。还没从美丽的春色中一梦醒来，台阶前的梧桐叶就已经在秋风里沙沙作响了。

《偶成》是南宋诗人朱熹的一首七言绝句。该诗感叹人生苦短，告诫人们要抓紧时间学习，珍惜光阴，追求学业。前两句经常被人引用来教导学生，是古诗经典名句。

译 文

Days of youth pass likely,
but learning is hard anyway.
Time should be cherished,
for it is easily vanished.

Sleeping by the pond often
spring dreams hardly waken
while leaves of maple
fall in autumn sorrow.

翻译心得

"少年"这里指的是少年时光 Days of youth，"易老"是很快就消失了的意思，即 pass likely。"学"是做学问，就是 learning。翻译"一寸光阴"的时候不要用 inch，直接使用 time。

翻译后两句时中间用了 while 这个词，能使读者感受到两者几乎同时发生，更显贴切。

七绝·苏醒

（宋）徐铉

春分雨脚落声微，柳岸斜风带客归。

时令北方偏向晚，可知早有绿腰肥。

原诗释义

　　春分时节的南方，落雨飘洒，雨声细微，杨柳岸斜风轻拂，带回远方的客人。这个时节北方要来得晚一些，可知道此时的南方已是草长莺飞、花红柳绿了。

　　徐铉，北宋初年文学家、书法家。曾受诏与句中正等校定《说文解字》。与弟徐锴合称"二徐"；又与韩熙载齐名，江东谓之"韩徐"。这首诗描写的是春分时节春雨洋洋洒洒，万物复苏的景象。语言细腻洒脱，描写精致到位，通过南北方气候的比较，活灵活现地展示了春分的特色。

译文

Drizzle in early spring,
slightly falling.
Breeze on bank of willows
welcomes visiting fellows.

In the North this wonderful season
might be late for geo-location.
But in the South you know,
flowers bloom and weeds grow.

翻译心得

　　首句中的"雨脚落声微"说的就是细雨，用 drizzle 一词很恰当。而"柳岸斜风"说的就是微风 breeze，"带客归"就是把客人迎回来，用 welcome 很好。

　　"时令"指的是当前季节 this wonderful season，"北方"说的是本地的地理位置 geo-location。最后一句"可知早有绿腰肥"以问句形式表明南方的早春景色 flowers bloom and weeds grow。

乞 巧

（唐）林杰

七夕今宵看碧霄，牵牛织女渡河桥。

家家乞巧望秋月，穿尽红丝几万条。

原诗释义

七夕佳节，人们都抬头仰望天空，就好像能够看见牛郎织女渡过银河在鹊桥相会。家家户户都在赏月同时乞巧，穿过的红线都有几万条了。

这是唐代诗人林杰描写民间七夕乞巧盛况的名诗。该诗想象丰富，流传很广，诗句浅显易懂，描写了家喻户晓的民间传说故事，表达了女孩子们追求幸福的美好心愿。

译 文

At night of QiXi the Chinese Valentine,
people look up at the sky dark and divine,
hoping to see Weaver maid meeting Cowherd,
a love story they have long heard.

Girls are busy sewing delicate contribution
which would bring them wits, says tradition.
Therefore we see much threads red
scattered on ground and bed.

翻译心得

对"七夕"一定要有所交代 QiXi the Chinese Valentine，不然无法理解这首诗。这样后面的"看碧霄"look up at the sky dark and divine 就好理解了。第二句说的是这个节日的内容。"牵牛织女"是脍炙人口的中国故事，只要按照规定译出人名 Weaver maid 和 Cowherd 就好。"渡河桥"指的是两人相会。

后两句是升华，着重讲述了家家的女子按照节日风俗所做的事情 girls are busy sewing delicate contribution，"穿尽红丝几万条"much threads red。

遣 怀

（唐）杜牧

落魄江湖载酒行，楚腰纤细掌中轻。

十年一觉扬州梦，赢得青楼薄幸名。

原诗释义

当年困顿江湖饮酒作乐放纵而行，沉湎于细腰女子掌中起舞婀娜轻盈。在扬州纵情声色十年，好像做了一场大梦，如今回过头来一看，我只是在青楼内落得了一个薄情的名声。

《遣怀》是唐代诗人杜牧的代表作品之一。这是作者回忆昔日的放荡生涯，对自己的沉沦深表悔恨的诗。该诗表面上看是抒写自己对往昔扬州生活的追忆与感慨，实际上却在发泄自己对现实的满腹牢骚。前人评论此诗完全着眼于作者"繁华梦醒，忏悔艳游"，大有前尘恍惚如梦，不堪回首之意。

译 文

When being down and out,
with wine I wandered about.
Lost myself in charming figure
of a woman the light dancer.

Ten years of this kind of living
just like a long time dreaming.
Quite unexpectedly to know
I got a reputation of fickle.

翻译心得

第一句中"落魄江湖"down and out 的原因不是囊中羞涩，而是生活乏味。所以诗人才会每天"载酒行"with wine I wandered about。第二句中引用了两个典故"楚腰纤细"和"掌中轻"，但是这两个典故都无法在精练的翻译言语中做到言简意赅，因此就将其做了泛化处理，译成平白的 charming figure 和 light dancer。

后两句是对前文描述的生活的悔恨。"十年一觉扬州梦"可以平铺，但是在最后用上了两个分词 living 和 dreaming，既可以形成韵脚，也可以突出"一场梦"的意境，可谓一举两得。最后一句的实际语气是："居然只赢得青楼薄幸名？"译文加上 unexpectedly 就透彻了。

青楼怨

（唐）王昌龄

香帏风动花入楼，高调鸣筝缓夜愁。

肠断关山不解说，依依残月下帘钩。

原诗释义

春风吹动帘帐，阵阵花香飘入楼中，我调高音调去弹筝，以此排解深夜愁怀。我思念关山之外的亲人，肠痛欲断却又无从诉说，不知不觉间，一钩残月已经移到窗钩之下。

此诗从对外围事物的描写入手，表达思念的角度与众不同。这些看似无动于衷的静物——香帏、筝、帘钩，在诗人的眼里却都成了挥不去的思念，此时无声，更胜有声。

译文

Wind squeezes open night door
fragrance gets in on the floor.
To let out sorrow I made a sigh
and played music in a tune high.

Words of emotion hard to say
missing my love thousand miles away.
Only to see the half moon rise
below curtain hook, cold like ice.

翻译心得

"香帏风动"实际上是风动香帏，用 squeezes open night door 来强调当时的意境，有异曲同工的妙处。"花入楼"是花香上楼，应该译成 fragrance gets in on the floor。"筝"如果直译就会费解，译成 played music 则通俗易懂。

后两句是浓缩句。"肠断关山"是思念关山之外的亲人 missing my love thousand miles away，"不解说"为难以启齿之意，即 words of emotion hard to say。最后一句要表达的是一种不知不觉，加上 only to see 可表达一种无可奈何的孤独。句末的 like ice 是为了押韵，也是为了突出氛围感。

青门柳

（唐）白居易

青青一树伤心色，曾入几人离恨中。

为近都门多送别，长条折尽减春风。

原诗释义

柳树的青绿让人伤感，很多离别的人都用折柳的方式告别。由于告别的地点多选城门附近，这里长一点的枝条都给折没了，那种春风拂柳的情景也看不到了。

这是一首赠别诗，中国的古人认为"柳"与"留"谐音，所以用离别赠柳的形式表达不忍相别、恋恋不舍的心意。后两句显示了白翁的文豪大笔，于伤感之余，也有些许幽默。

译 文

Heartbroken
the color of willow,
used to be presented
when saying farewell.

Being the place usual
to see off people,
the city gate rarely sees
willows branches mellow.

翻译心得

翻译"伤心色"很难，只能对号入座，译成 heartbroken the color。第二句中的"几人"指的是多，不是少，因此要用 used to 表示经常，就是很多人用。

第三句从柳树的角度出发，通过枝条渐少来反衬送别的人多。"为近"即因为靠近，"都门"指城门 the city gate。"多送别"里的"多"换成了修饰 place 一词的 usual，see off people 做城门的定语，这样就既保持了原诗意境，又形成了合适的韵脚。"长条"没有译成 long，而是译成了 mellow，一是为了押韵，二是因为柳枝本身就长，还是 mellow 更能显示伤感气氛。

清 明

（唐）杜牧

清明时节雨纷纷，路上行人欲断魂，

借问酒家何处有？牧童遥指杏花村。

原诗释义

清明时节，细雨纷纷飘落，路上的他乡游客一副失魂落魄的样子。向人询问哪里有酒馆，牧童指向了远处开满杏花的村庄。

《清明》是杜牧的传世诗作。此诗把清明的节气特色描述得淋漓尽致，历来为人们广为传诵。全诗通过先写景后写人的静态与动态结合手法，让读者顿生身处其境的感受。最后一句既让人绝望又给人希望，这种心理矛盾的表现手法，把诗歌的心灵触及功能运用到了极致。

译 文

Around Qingming Festival

is the season of rain continual.

Battered out of sense,

a traveler is wet and tense.

"Where to find a tavern

to take shelter from the rain?"

"In Apricot–flower Village far away."

says a little shepherd boy.

翻译心得

既然是"清明时节"，那就应该译成 around Qingming Festival。"纷纷"译成 continual，既表意又押韵。"断魂"有固定的译法 battered out of sense，为了形成韵脚，在"路上行人"后面加上了形容词 wet and tense。

第三句"借问酒家何处有"是直接引语，可以翻译成问句。然后把下一句内容也用直接引语的形式译出，就形成了生动的对话场景。

清平调（其一）

（唐）李白

云想衣裳花想容，春风拂槛露华浓。

若非群玉山头见，会向瑶台月下逢。

原诗释义

看见云彩就想到她美丽的衣裳，看见鲜花就想到她姣好的容颜，春风吹拂栏杆，露珠润泽，花色更浓。如此天姿国色，不是群玉山头所见的飘飘仙子，就是瑶台殿前月光照耀下的神女。

《清平调》是李白的组诗作品，共三首。本诗是其一。全诗构思精巧，辞藻艳丽，将花与人浑融在一起写，描绘出人花交映、迷离恍惚的景象，显示了诗人高超的艺术功力。

译 文

Splendid clouds we admire
reminds me of your attire,
gorgeous flowers in full bloom
as your face in chamber room.

Over handrails does breeze blow,
your beauty as a peony in dew crystal.
Either a fairy from a mystical tale,
or from the moon, an falling angel.

翻译心得

第一句里的"想"是一看到某物就想起某物的意思，用 as 和 reminds me of 可以完美诠释原诗意境。而且这里的云是绚烂 splendid 的云，花是盛开的 gorgeous 花，在翻译时都要予以体现。第二句"春风拂槛露华浓"是第一句的增强句，可以直译。

后两句实际上就是在夸贵妃的美貌。但是"群玉山头"和"瑶台月下"都是古汉语中的仙境，直译过来很难理解，只好采用简化法，即译成 mystical tale 和 the moon。再掺进来一点英语文化，译成 fairy 和 angel，十分入戏。

秋凉晚步

（宋）杨万里

秋气堪悲未必然，轻寒正是可人天。

绿池落尽红蕖却，荷叶犹开最小钱。

原诗释义

人们都以为秋气悲凉，我认为未必是这样，稍微有点儿寒意，正是令人舒适的天气。绿色的池塘里，荷花虽然都已落尽，但是还有如铜钱那么圆的小荷叶长出来了。

多愁善感的诗人们向来容易悲秋，感叹秋风飒飒，愁看秋雨潇潇，一切都显得那么凄凉冷落。而杨万里在《秋凉晚步》这首诗里却写出了新意。他通过描述新长出来的小荷叶，给人带来了希望。

译 文

Autumn may not be certain
though chill came in desolation.
Days slightly cooler
bring a delightful weather.

Lotus charms are gone
in the deep-green pond.
But still, leaves tiny as coin
germinating tender and fine.

翻译心得

这里的"秋气"说的是秋天的凉意，就是 chill。"堪悲"指的是人们在秋天的凉意中心情受到影响，即 in desolation。而"未必然"may not be certain，则是说明了诗人的心境，即下一句"轻寒正是可人天"。因为用了形容词 cooler，修饰它的只能是副词 slightly。

下阕中的"绿池"不能直接翻译，须在 green 前面加上 deep 来明示秋意。"红蕖"指的是盛开的荷花，译成 lotus charms 了更迷人。最后一句中的"小"用 tiny 表示比较合意。

秋 思

（唐）张籍

洛阳城里见秋风，欲作家书意万重。
复恐匆匆说不尽，行人临发又开封。

原诗释义

洛阳城里又刮起了秋风，心中思绪翻涌，想要写封家书问候平安。又担心匆忙之间没有把自己的心意写尽，当捎信人要出发的时候，又拆开信封检查。

《秋思》是唐代诗人张籍客居洛阳时所作的一首乡愁诗。此诗叙述了作者写信前后和寄家书时的思想活动和行动细节，真切细腻地表达了作客他乡的人对家乡亲人的深切怀念。全诗一气呵成，言简意赅，朴素而又真实地表达了游子浓郁的思乡之情。

译 文

Autumn wind continues to blow,
arousing my nostalgia and sorrow.
Papers ready but hard to write hello,
too much about home I want to know.

Once again I open the letter
before the messenger's departure,
something important in case
that I would possibly miss.

翻译心得

"洛阳城"可以理解为客居之地，不必翻译名称。"见秋风"喻指思乡 my nostalgia and sorrow 的季节来了。"欲作家书意万重"既是想说的太多，也是 too much about home I want to know。

后两句使用的倒装翻译法。"复恐匆匆说不尽"something important，于是"行人临发又开封"once again I open the letter。本诗言简意赅，深情厚谊溢于平常话语之间。译文好写，情义难诉。

秋 夕

（唐）杜牧

银烛秋光冷画屏，轻罗小扇扑流萤。

天阶夜色凉如水，卧看牵牛织女星。

原诗释义

在这冷清的秋夜，银烛的光映照在画屏上，手里拿着一把绫罗小扇，扑打着萤烛。夜色里的石阶清凉如水，躺着凝视夜空中的牵牛星和织女星。

《秋夕》是杜牧写的一首七言绝句。这首诗主要描写了在七夕之夜，一个孤单的宫女在冷清的院子里，一边仰望银河两侧的牛郎星和织女星，一边挥舞着扇子扑打流萤，排遣心中寂寞，向读者展现了一位宫女举目无亲、百无聊赖的苦闷心情。全诗写景与叙事相结合，韵调凄凉平淡，语言质朴流畅，具有很强的艺术感染力，代表了杜牧所作七绝的艺术成就。

译 文

Chilly candle light
shines on silk screen white.
Fans of zephyr sway
to drive fireflies away.

In the courtyard I sit
cold as water in a pit.
Wondering Altair and Vega
a love story of two stars.

翻译心得

"银烛"指的是烛光之冷，翻译时加上了 chilly。"画屏"加上 white，愈发显得清冷。"轻罗"是 zephyr，这个词很生僻，但是意义十分确切。sway 原意是摇动秋千，这里指小扇摇动，用来"扑流萤"to drive fireflies away。

"天阶"指露天的石阶，也可延伸理解为整个庭院 courtyard，夜色凉如水中的"水"译成 water in a pit，表达出了水的寒意。最后一句"卧看牵牛织女星"没有直译。诗人这里的意思是说女子羡慕牵牛织女能有爱情，因此这里用了 wondering，又引入了 love story 这个概念，使诗意更为明确。

秋夜曲

（唐）王维

桂魄初生秋露微，轻罗已薄未更衣。
银筝夜久殷勤弄，心怯空房不忍归。

原诗释义

一轮秋月刚刚升起，秋露初生，罗衣已显单薄，却懒得更换别的衣裳。更深夜阑，还在殷勤拨弄银筝，原来是怕空房寂寞，不忍回归。

王维在这首诗里描述了女主人公的心，活动，向读者展示了她独守空房的哀怨。前面是景致描写，先让读者感觉到了这个世界的清冷，后面说她以弄筝为借口不肯回房，道出了女子内心孤独的痛苦，细腻生动地流露出女主人公思念丈夫的心情。

译 文

Dew falls

to see the moon rise.

Silk dress too thin,

but lazy to change otherwise.

Playing music on

at such a night deep,

afraid of bedroom empty,

too lonely to sleep.

翻译心得

"桂魄"在古代指月亮，"初生"应该是"初升"，即 rise。"秋露微"译成 dew falls，是说露水降落的状况，强调天气转寒。这一句和下一句"轻罗已薄未更衣"都是为下阕的心境做的铺垫，使用 too…to…句式效果明显。

"银筝"是中国古代的乐器，英语里没有对应的词，不好翻译，译成 playing music 可以达意。"夜久殷勤弄"说的是一直在弹，用一个副词 on 就完全表达了。最后一句是诗人要表达的心迹，核心就是一个"空"字。表面看是 empty，实际上是 lonely，所以才"不忍归"。

劝学诗

（唐）颜真卿

三更灯火五更鸡，正是男儿读书时。

黑发不知勤学早，白首方悔读书迟。

原诗释义

　　每天从三更半夜到五更晨鸡啼叫这段时间，是男孩子们发愤读书的最好时间。如果年轻的时候只知道玩，不知道要好好学习，到了白发苍苍的年龄就会后悔自己在年少的时候虚度光阴了。

　　《劝学诗》是诗人颜真卿写的一首诗。诗中劝勉青少年要珍惜少壮年华，在少年时代要多把时间花在发愤苦读、勤奋学习上，以求将来有所作为。

　　颜真卿，唐代名臣、书法家，与柳公权并称"颜柳"，与赵孟頫、柳公权、欧阳询并称"楷书四大家"。唐代宗时官至吏部尚书、太子太师，封鲁郡公。他书法精妙，创"颜体"楷书，对后世影响很大。

译 文

Burning candle's light,

a usual companion at midnight

a young man keen on study,

when rooster breaking the day.

Fail to work hard and

catch the moment early,

regret will find you

when your hair is gray.

翻译心得

　　第一句中提到的"三更灯火"和"五更鸡"，可以理解为读书郎熬夜苦读时的伴侣，因此把前一项翻译成了 a usual companion。这也正好附和第二句中提到的"正是男儿读书时"。

　　后两句用"黑发"和"白首"来比喻人一生中的两个时期，翻译的时候采用了意译的形式，分别译成 the moment early 和 hair is gray，使得语言更接近于英语的使用习惯，易于理解。

三衢道中

（宋）曾几

梅子黄时日日晴，小溪泛尽却山行。

绿阴不减来时路，添得黄鹂四五声。

原诗释义

梅子黄透了的时候，天天都是晴和的好天气，乘小舟沿着小溪而行，到了小溪的尽头，再改走山路继续前行。山路上苍翠的树与来的时候一样浓密，深林中传来几声黄鹂的欢鸣声，比来时更增添了些幽趣。

曾几，南宋诗人，谥号文清，代表作有《茶山集》等。《三衢道中》是一首纪行诗，描写了诗人行于三衢山道中的见闻感受。全诗语言明快自然，极富生活韵味，不仅写出了初夏的宜人风光，而且生动表述了诗人的愉悦情状，让人领略到平静的意趣。

译 文

Plums ripe and yellow
and sunshine days follow.
Along stream we take a boat,
then walk on a mountain road.

Branches thick and leaves mellow,
trees holding the same shadow.
A few orioles warble
secluded and peaceful.

翻译心得

"梅子黄时"就是说梅子熟透了 ripe and yellow。"日日晴"译成 sunshine days follow，既明确表达原意又照顾上一句韵脚。"泛"就是划船 we take a boat，"却"是改的意思。

"绿阴不减"说明树木还是原来那样茂密葱茏 branches thick and leaves mellow，而且和"来时路"上的阴凉是一样的 holding the same shadow。最后一句"添得黄鹂四五声"，是用这一点变化来表达诗人所处环境的幽静，译成 secluded and peaceful。

山亭夏日

（唐）高骈

绿树阴浓夏日长，楼台倒影入池塘。

水晶帘动微风起，满架蔷薇一院香。

原诗释义

　　绿树葱郁浓阴，夏日漫长，池塘里倒映着楼台的影子。水晶门帘在微风中微微抖动，开满花架的蔷薇散发出的芳香弥漫在整个院子里。

　　高骈，唐僖宗时镇压黄巢起义军，后拥兵扬州，割据一方。《全唐诗》存其诗一卷。在《山亭夏日》这首诗中，诗人捕捉了微风之后的帘动、花香这些不易觉察的细节，传神地描绘了夏日山亭的悠闲与宁静，表达了作者对夏日乡村风景的热爱和赞美之情。

译　文

Shadow of trees getting thicker,

in this endless lengthy summer.

Among minor waves in the pond

reflected pavilion vaguely found.

Crystal curtains lucid and bright

quiver and ring in breeze slight.

Roses, all on pergola in bloom,

fills courtyard with perfume.

翻译心得

　　前两句是纯粹的景物描写，可以直译，"绿树阴浓"是 shadow of trees getting thicker，"夏日长"endless lengthy summer，只要照顾好韵脚就可以了。楼台倒影 reflected pavilion，需要注意的是，因为后面文字中提及风，所以这里不能用安静来修饰池塘，所以渲染性地加上 among minor waves in the pond。

　　后两句虽然也是景物描写，但是加入了诗人自己的嗅觉，主观意识显得浓厚。"水晶帘"crystal curtains，加上两个形容词 lucid and bright 修饰一下。"满架蔷薇"roses, all on pergola，加上 in bloom 更形象。翻译"一院香"时使用了 fill…with…，很到位。

山 行

（唐）杜牧

远上寒山石径斜，白云生处有人家。
停车坐爱枫林晚，霜叶红于二月花。

原诗释义

深秋时节，登上远处铺着石子的山路而行，在那生出白云的地方有几户人家。我不由自主地把车靠路边停下，因为这深林傍晚的枫林美景着实吸引了我，那经过深秋寒霜的枫叶比二月的春花还要红。

《山行》是唐代诗人杜牧创作的一首诗。此诗描绘秋日山行所见的景色，展现出一幅动人的山林秋色图，山路、人家、白云、红叶和谐统一，表现了作者的高怀逸兴和豪荡思致。作者以情驭景，敏捷、准确地捕捉足以体现自然美的形象，并把自己的情感融会其中，使情感美与自然美水乳交融，情景互为一体。全诗构思新颖，布局精巧，于萧瑟秋风中摄取绚丽秋色，与春光争胜，令人赏心悦目。

译 文

Along the winding road chilly,
I go up the mountain far away.
When the clouds are getting near,
a few houses faintly appear.

Charmed by the evening view of maple,
I pull over by the ghat of pebble.
The frosted leaves are redder
than the blooming February flower.

翻译心得

第一句中的"远上"译成 far away，"寒山"做了拆分处理，把 chilly 放在上一句末，既可以表达原意，又可以形成韵脚。而"斜"在这里应该理解为蜿蜒，即 winding。第二句"白云生处有人家"强调的是意境，翻译起来并不难，加上一个 faintly，更能显示当时的远阔之势。

第三句中的关键字是"坐"，在古汉语中是"因为"的意思。翻译的时候用原因状语从句做了处理。"二月花"前加上了 blooming，是为了更好地说明诗人的比喻。

赏牡丹

（唐）刘禹锡

庭前芍药妖无格，池上芙蕖净少情。

唯有牡丹真国色，花开时节动京城。

原诗释义

庭前的芍药妖娆艳丽却缺乏骨格，池中的荷花清雅洁净却缺少情韵。只有牡丹才是真正的天姿国色，每当到了开花的季节，都会引得无数的人来欣赏，惊动了整个京城。

《赏牡丹》是唐代诗人刘禹锡描写京城长安牡丹盛开情景的七言绝句。诗中"唯有牡丹真国色，花开时节动京城"成为赞美牡丹的名句，传颂千年。诗人借欣赏牡丹之际，通过写诗的形式抒发了个人抱负与情感。

译 文

The herb peony,

in front of aisle,

coquetry of no style.

Lotus over Pond,

a complete lustration with hardly any emotion.

But only the tree peony,

a genuine national beauty

blooms a thorough thrill

in the city of capital!

翻译心得

为了照顾韵脚，"庭前"译成了 in front of aisle, 无伤大雅。"芍药"和"牡丹"在英语里都是 peony，但是在这首诗的翻译中，两者处于对比的位置，必须不同。因此只能从其属性上做文章。所以译文中就出现了 the herb peony 芍药和 the tree peony 牡丹。"无格"即没有格调 style，"芙蕖"就是莲花，"净少情"展开了就是太素净 a complete lustration，而没有情调 with hardly any emotion。

后两句中的"国色"已经有了固定的译法 national beauty。"动"说的是震动，而且不是一般的震动，是整个京城为之震动，是震彻，因此译成 a thorough thrill。

石灰吟

（明）于谦

千锤万凿出深山，烈火焚烧若等闲。

粉骨碎身浑不怕，要留清白在人间。

原诗释义

石灰石是经过千万次打锤采凿才从深山里开采出来的，熊熊烈火的焚烧对于它来讲，是很平常的一件事。所以即使粉身碎骨它也毫不惧怕，只要把高尚气节留在人世间。

《石灰吟》是明代政治家、文学家于谦创作的一首七言绝句。此诗采用象征手法，字面上吟咏石灰，实际借物喻人，表现了诗人高洁的理想。全诗笔法凝练，一气呵成，语言质朴自然，不事雕琢，感染力很强。读过此诗，都会为作者那积极进取的人生态度和大无畏的凛然正气所启迪和激励。

于谦，字廷益，号节庵，明朝名臣、民族英雄。有《于忠肃集》传世。《明史》称赞其"忠心义烈，与日月争光"。他与岳飞、张煌言并称"西湖三杰"。

译 文

Mined from mountains the limestone
being repeatedly hammered alone.
Even burnt in raging flames
seems to it common games.

Into pieces it smashes and shatters
nothing seems seriously matters.
Just to leave the world of frustration
a clean and unimpeachable reputation.

翻译心得

第一句的"千锤万凿"being repeatedly hammered 和"出深山"mined from mountains，说的是石灰石的开采过程，"烈火焚烧"这里应该用被动形式，出于诗歌译文的凝练语言习惯，只保留了 burnt in raging flames。"若等闲"就是当作平常事的意思，即 seems to it common games。"粉骨碎身"既然有两个动词，在翻译的时候也对应地使用了两个动词 smashes and shatters，"全不怕"很好理解，译成 nothing seems seriously matters，直白而通顺。最后一句的"清白"是很有内涵的词，需要几个词来解释，即 a clean and unimpeachable reputation。

十五夜望月

（唐）王建

中庭地白树栖鸦，冷露无声湿桂花。

今夜月明人尽望，不知秋思落谁家。

原诗释义

　　庭院的地面雪白，树上栖息着鸦雀，清冷的秋露悄悄袭来，打湿了庭中的桂花。今天晚上明月当空，人们都在观赏月色，不知这秋思之情落在了谁家？

　　王建，唐朝著名诗人，善写七言。语言通俗明快，凝练精悍，颇有独到之处。他以乐府诗著称于世，写下了许多从不同侧面反映社会矛盾和民间疾苦的作品。《十五夜望月》是王建创作的一首以中秋月夜为背景的七言绝句。全诗四句二十八字，以每两句为一层意思，分别写中秋月色和望月怀人的心情，展现了一幅寂寥、冷清、沉静的中秋之夜的图画。此诗以写景起，以抒情结，想象丰美，韵味无穷。

译 文

Courtyard frost white,

birds asleep in moonlight.

Dew drops chilly

wetting flowers quietly.

Moon so charming and bright,

fascinates people tonight.

But there might be some family

missing their sons military.

翻译心得

　　中庭就是古代的院子，即 courtyard。"地白"说的是月光映照之下的白霜 frost white。"树栖鸦"强调的是月光下的宁静，翻译的时候加上了 asleep。下一句仍然说的是月夜的安静，夜里露水降临的时候总是寂静无声的，即 quietly。这两句都是为后边的忧思之情所做的铺垫。

　　表面上看，因为"今夜月明"moon so charming and bright，所以"人尽望"fascinates people tonight，写的是令人羡慕的生活。可是"不知秋思落谁家"，道出了诗人的真正意图——大家都在赏月，但是肯定有人在月下思亲。这里用的 some 就是特指。

十一月四日风雨大作（其二）

（宋）陆游

僵卧孤村不自哀，尚思为国戍轮台。
夜阑卧听风吹雨，铁马冰河入梦来。

原诗释义

穷居孤村，躺卧不起，并不觉得自己可怜，还想着为国家戍守边塞。每到夜里，我躺在床上听着外面的风雨声，就会梦想着自己骑着披着盔甲的战马，跨过冰封的河流，出征北方疆场。

陆游，南宋诗人，年轻时曾向具有爱国思想的诗人曾几学诗，受益不浅，从此确定了他诗歌创作的爱国主义基调。他一生以诗文作为武器，反复呼吁国家统一，表达强烈的爱国感情。此诗为陆游退居家乡山阴时所作，时年六十八岁。这首诗用语明快，豪气惊人。内容简单明了，很直白地表达了他渴望万里从戎、以身报国的豪壮理想，完全看不出是出自一个年迈老者笔下的作品。

译 文

Unknown, I lived in village lonely,
but have for myself no pity.
A wild dream would always stay
to guard borders for my country.

Every night I lay in bed listening,
the voice of raining and wind blowing.
Dreaming of the armor-horse riding
and over the frozen river marching.

翻译心得

第一句中的"僵卧"可以译为孤独地住在这里 I lived in village lonely。"不自哀"是不为自己感到可怜，即 have for myself no pity。第二句显然是一种梦想，因此翻译的时候加上了 a wild dream。"戍轮台"就是守边疆 guard borders。

后两句是对前面梦想的进一步描述。"夜阑卧听"直译成 every night I lay in bed listening，"风吹雨"译成 the voice of raining and wind blowing，"铁马"是骑着穿铁甲的马，即 armor-horse riding，"冰河"是跃过冰河 over the frozen river。最后加上 march 一词，并用分词的形式翻译，更能显示出军队前进的气势。

示 儿

（宋）陆游

死去元知万事空，但悲不见九州同。
王师北定中原日，家祭无忘告乃翁。

原诗释义

原来知道死去之后人间的一切事情都和我无关了，只是感到悲伤的是，没能亲眼看到祖国统一。当大宋军队收复中原失地的那一天到来，你们举行家祭时不要忘了把这好消息告诉你们的父亲。

《示儿》是陆游创作的一首诗，也是诗人的绝笔。此诗展现了诗人临终时怅惘的思想情绪和忧国忧民的爱国情怀，表达了诗人一生的心愿和对神圣事业必成的坚定信念。全诗语言不假雕饰，直抒胸臆，所蕴涵和积蓄的情感极其深厚、强烈，艺术效果真切动人。

译 文

Everything out of my sight
gets out of mind when I die.
National reunification I would not see
the only sorrow that grieves me.

Therefore, when there comes the day
of recovering the lost territory,
tell me the good news as festival
when holding the family memorial.

翻译心得

在翻译第一句"死去元知万事空"时，借鉴了英语中的一句成语 out of sight, out of mind。这样会让英语读者更好地理解诗意。第二句中的"但"是 only 的意思。"九州"是古汉语中中国的代名词，"同"是统一 reunification。

从逻辑上分析，上下两阕之间是因果关系，因此在翻译的时候加上 therefore 就让译文显得更合乎逻辑了。"北定中原"即收回失去的领土 recovery of the lost territory，"家祭"在英语里有固定表达形式，即 the family memorial，为了制造韵脚，加上了 festival 一词，更增添了家祭的隆重气氛。

书扇示门人

（宋）范仲淹

一派青山景色幽，前人田地后人收。
后人收得休欢喜，还有收人在后头。

原诗释义

广阔的原野里成片的青翠山色是那样清幽，前人留下的土地都已被后人接收。接收这些土地的后人们先不要欢喜，因为在你们后面，还有等着接收这片土地的人呢！

范仲淹，北宋初年政治家、文学家，谥号"文正"，世称"范文正公"。他的这首诗言语简明但是哲理深刻，阐释了虽然山河不改，但是人事交相更替，得失不会永远不变的哲理，告诫人们不要因为暂时的成功而得意，今天的得会转化为明天的失，这是事物发展变化的规律，没有人能够避免。

译 文

Field landscape
a quiet beauty,
on which fathers farmed
and sons harvest plenty.

Don't you the sons
enjoy it for too long,
because sons of sons too,
are waiting around.

翻译心得

"一派青山"不是说山，说的是田野field。"幽"指的是清幽，即田野的平静和美好，英文译成 quiet beauty。"前人"在词典里解释为祖宗，这与本诗的词义差别太大，这里应该是父辈 fathers 的意思。依此类推，把后人译成 sons，以示代代传承。

"还有收人"译成 sons of sons，既清楚又明白，很能说明诗人的意图。

霜 月

（唐）李商隐

初闻征雁已无蝉，百尺楼高水接天。

青女素娥俱耐冷，月中霜里斗婵娟。

原诗释义

　　刚开始听到远去南方的大雁的鸣叫声，蝉鸣就已经销声匿迹了，我登上百尺高楼，极目远眺，水天连成一片。霜神青女和月中嫦娥都不怕寒冷，在寒月冷霜中争艳斗俏，比一比冰清玉洁的美好姿容。

　　李商隐写霜月，不从霜月本身着笔，而是写作为霜月象征的青女和素娥（嫦娥）。这样就会让读者想到，诗人所描绘的不仅仅是秋夜的自然景象，而且赋予了清秋的魂魄，霜月的精神。这是诗人从霜月交辉的夜景里品味出来的境界之美，反映了诗人在现实环境里追求美好、向往光明的深切愿望，也是他高标绝俗、耿介不随的性格的自然流露。

译 文

To the south swan geese fly,
When cicadas cease their cry.
On high floor in remote sight,
as a whole, the water and the sky.

Between frost and moonlight,
that appears this chilly night,
which is more tolerant
or which is more elegant.

翻译心得

　　"征雁"即南飞的大雁 the south swan geese fly，"已无蝉"意为听不到鸣蝉之声 cicadas cease their cry。"百尺楼高"只是一种夸张，而"水接天"说的是居高远眺时看到的水天一色 as a whole, the water and the sky。

　　"青女素娥"是诗人对冷霜和月光的拟人比喻，看谁更耐寒 which is more tolerant，更优雅 which is more elegant，这就体现出了"争妍斗艳"的意境。

思吴江歌

（魏晋）张翰

秋风起兮木叶飞，吴江水兮鲈正肥。

三千里兮家未归，恨难禁兮仰天悲。

原诗释义

秋风起，落叶飘飞，吴江里的鲈鱼正是新鲜肥美的时候。我现在远离家乡，不能回去，对故乡的思念怎么也压抑不住，只能向天长叹！

张翰，西晋文学家。有清才，善诗文，在当时文坛享有盛名。他题咏的暮春诗句"黄花如散金"，被李白誉为"张翰黄花句，风流五百年"。《思吴江歌》通过对故乡秋天的景致和吴江里肥美鲈鱼的回想，表达了作者的思归之情。

译文

Autumn wind high,

yellow leaves fly.

Fish in river good,

fair and fat for food.

Hometown so faraway,

and going back no way.

Regrets in heart fed,

looking into sky, sad.

翻译心得

这首诗语言简洁工整，多可对应直译。"秋风起兮"autumn wind high，"木叶飞"yellow leaves fly。"吴江"是具体名词，为了简洁，直接抽象翻译成 river。"鲈正肥"就是说适合吃了 fair and fat for food。

下阕笔锋一转，开始抒情。"三千里兮"指的是路途遥远 hometown so faraway，"家未归"是无法回去 going back no way，所以才"恨难禁兮"regrets in heart fed，"仰天悲"looking into sky, sad。

送柴侍御

（唐）王昌龄

沅水通波接武冈，送君不觉有离伤。
青山一道同云雨，明月何曾是两乡。

原诗释义

沅江的波浪连接着武冈，在送别你的时候，不觉得有离别的伤感。我们一路所能看见的青山共沐风雨，同顶一轮明月，怎么能说这是身处两地呢？

《送柴侍御》是盛唐时期诗人王昌龄所作的一首七言绝句。尽管这是一首送别诗，但是诗人通过乐观开朗的词句，减轻了离愁和伤感。这种"道是无情却有情"的抒情手法，更能表达出两人之间浓浓的情谊。

译 文

The river runs quite faraway
into mountains it would stay.
Companions feel grief and sad
saying farewell to a long-time lad.

But we live by the mountain
that enjoys same wind and rain.
And the moon in the sky,
sheds us the same light.

翻译心得

第一句中的"沅水"和"武冈"都是地名，为了避免理解上的歧义，都做抽象处理。第二句的"送君"说的是道别，译成 saying farewell。"离伤"译成 grief and sad。

后两句是脍炙人口的名句，从一个独特的角度去看离别，实际上并没有分开。"青山一道同云雨"指的是虽然你告别远去，但是一路上我们还有共同沐浴风雨的青山 enjoys the same wind and rain，而天上的明月也没有离开过我们，the moon in the sky, sheds us the same light。这两个 same 的使用，就把诗人所要表达的转折意味说得明确了。

送陈秀才还沙上省墓

（明）高启

满衣血泪与尘埃，乱后还乡亦可哀。

风雨梨花寒食过，几家坟上子孙来?

原诗释义

全身衣服都沾满了血泪和尘埃，战乱结束了，但回到故乡内心还是会感到忧伤。风雨袭来，梨花落尽，寒食节过后，有几家的坟上会有子孙来扫墓呢?

高启，元末明初著名诗人，与杨基、张羽、徐贲一起被誉为"吴中四杰"。有《高太史大全集》《凫藻集》等。他在这首诗里，通过清明节没人祭扫荒坟的一个生活面，写出元末战乱后农村萧条凋敝的情景。此诗前两句写还乡看到的情景，不免悲从中来。后两句描述清明节墓地的情景，反映了战乱后的萧条，表现了诗人对战争的厌恶。

译 文

Tears, blood and dirt
all over my shirt.
After continuous turmoil
I come home with sorrow.

Flowers on pear tree fall
when wind and rain stop.
Sacrifice on tombs rarely seen
for hardly in any home is a teen.

翻译心得

上阕的语言不是很复杂，只要在翻译的时候说明白"乱后"after continuous turmoil 就可以。

下阕表述简练。"风雨梨花"指的是梨花在风雨中飘落，即 Flowers on pear tree fall when wind and rain stop。"寒食"这个节日在翻译中略去了。"几家坟上子孙来"的子孙就是家里的后代，这里为了押韵译成teen。

送杜十四之江南

（唐）孟浩然

荆吴相接水为乡，君去春江正淼茫。

日暮征帆何处泊，天涯一望断人肠。

原诗释义

　　两湖江浙依水相邻，以水为乡。你离去的时候正值春江水满，烟波浩渺。日暮时分，你会把你的船停靠在哪儿呢？我在这里望断天涯，对你的挂念真是让人肝肠寸断啊！

　　这是一首送别诗。此诗采用了散行句式，读起来行云流水。风格接近歌行体，写得颇富神韵，自然流畅地表现了诗人对友人杜晃的深切怀念，体现出两人之间的真挚友谊。

译 文

Too vast a lake rarely found
hometown of all dwelling around.
The time you said goodbye
was its fullest in sight.

Night comes are you to worry
where to park boat and stay?
Only to look into the sky darken,
to feel desperate and heartbroken.

翻译心得

　　荆是古代楚国的别名，在今湖北、湖南一带。吴也是国代国名，在今江苏、安徽、浙江一带。荆吴在这里泛指江南。第二句提到友人离去的时节"春江正淼茫"，说的是湖水正值汛期 fullest。

　　后两句抒情，表达对友人处境的思念和惦记。译文 Only to look into the sky darken 和 feel desperate and heartbroken，都不是对应性的翻译处理，都是译者的发挥。

送　人

（唐）杜牧

鸳鸯帐里暖芙蓉，低泣关山几万重。

明镜半边钗一股，此生何处不相逢。

原诗释义

鸳鸯帐里难舍难分，想到你将一去千里，潸然泪下。将我的半边明镜、一股钗子交付给你，只要人生还在，在哪里都会重逢。

这是一首离别情诗。诗人在表达对情人依依不舍的同时，引用当时民间通用的表情之法，向自己的心上人表明心迹。人生终有一别，送君信物，相思相念。

译　文

I swept in your arms
under the warm cover,
for you are going faraway
and leave me forever.

Please take my hair pin
and half of the mirror,
as something reminds you
of tonight in future.

翻译心得

第一句译成 I swept in your arms under the warm cover 是对当时情景最直接的描述。"低泣"的原因是"关山几万重" you are going faraway，而且很有可能就是 leave me forever。

"明镜"和"钗"都是古时候的闺房信物 something reminds you of tonight，以此相赠，情意之深可见一斑。"此生何处不相逢"是对将来重逢的期盼。

送魏二

（唐）王昌龄

醉别江楼橘柚香，江风引雨入舟凉。
忆君遥在潇湘月，愁听清猿梦里长。

原诗释义

我们在江楼之上为你送别，满楼飘荡着橘子和柚子的香味，我们也都喝得酩酊大醉，阵阵江风把那细雨吹进小舟，顿感丝丝寒凉。想象将来远在明月照耀下的潇湘之地，你一个人会在思念的愁绪中，独自听那清冷悠长的猿啼，无法入眠。

王昌龄，唐代诗人。其诗擅长七绝，边塞诗气势雄浑，格调高昂；也有愤慨时政及刻画宫怨之作，明人辑有《王昌龄集》。《送魏二》是王昌龄写的一首送别诗作。全诗虚实结合，借助想象拓展了表现空间，扩大了意境，深化了主题，在艺术构思上颇具特色。

译 文

To bid a farewell on river,
the pavilion filled in drunk flavor.
Cold breeze and desolate drizzle
see you finally on the boat.

We miss you every future night
under the moon pale and bright.
Lonely in mood of nostalgia,
listening to apes cry of insomnia.

翻译心得

古时候的"楼"实际上就是亭子pavilion。"橘柚香"没有隐含意义，只是对当时季节的直接描述，可以忽略。既然是要走，此时的"江风引雨"就不能是大风大雨，而应该是微风细雨 breeze and drizzle。加上 cold 和 desolate 来渲染气氛还是合适的。

后两句是古时文人多愁善感的代表性描述。这里的"忆"不是回忆，是想象 imagine。用两个词 nostalgia 和 insomnia 来翻译朋友在他乡的怀旧，既准确又押韵。

送元二使安西

（唐）王维

渭城朝雨浥轻尘，客舍青青柳色新。
劝君更尽一杯酒，西出阳关无故人。

原诗释义

　　渭城的早晨，一场春雨打湿了路上的尘土，旅店周围青青的柳树也显得格外清新。我的老朋友，值此送别之时，请再干一杯美酒吧，往西出了阳关，就很难遇到故旧亲人了。

　　《渭城曲》是唐代诗人王维创作的一首诗。此诗前两句写渭城驿馆风景，交代送别的时间、地点、环境气氛；后二句写送别，却不提"送别"二字，只用举杯劝酒来表达内心强烈深沉的惜别之情。全诗以明朗自然的语言抒发别情，写得情景交融，韵味深长，具有很强的艺术感染力。

译 文

Air fresh in the morning,

dirt wet by rain of spring.

Hotel looks completely new,

amid green jungle of willow.

One more toast,

my pal on this occasion of farewell.

To the west you go further,

no old friend any longer.

翻译心得

　　"渭城"是古代地名，最好不译，以免生误。"朝雨"译成春雨 rain of spring 既可显明时令，又可给人身临其境之感。"浥"字虽难，但是理解了就好翻译，"轻尘"译成 dirt，显然比 dust 好。"客舍"的"青青"和"柳色"的"新"都是出自这场春雨。

　　下阕开始抒情，意思就是让朋友珍惜眼前的情谊。这里的"阳关"是中国古代很有名的西去关隘，但是限于字数，不能全方位表述，只好处理为 west。"无故人"意为再不能遇到故旧亲人，用 not…any longer 句式，意思明了，句子押韵。

宿骆氏亭寄怀崔雍崔衮

（唐）李商隐

竹坞无尘水槛清，相思迢递隔重城。

秋阴不散霜飞晚，留得枯荷听雨声。

原诗释义

竹丛里船坞深静无尘，临水的亭榭分外幽清，相思之情飞向远方，却隔着重重的高城。秋天的天空阴云不散，霜飞的季节也来迟了，留下满地枯干的荷叶，好听深夜萧瑟的雨声。

《宿骆氏亭寄怀崔雍崔衮》是李商隐的作品。全诗以景寄情，寓情于景，用笔极为简练，以竹坞、亭槛、水流、枯荷等极其普通的景物，勾勒出清幽绝妙的意境，并且把作者对崔雍、崔衮两兄弟丧父之悲的同情以及诗人自己的寂寥之感含蓄地传递出来。此诗表达了诗人对朋友的思念，也流露了诗人自己身世的冷落之感。

译 文

Rain washes garden of bamboo,
brooks clean and no dirt flew.
On a path curve and gloomy,
I am missing my far-away buddy.

Dark clouds getting thicker
frost comes late than ever.
To keep lotus dry and withered,
So that rain drops may be heard.

翻译心得

"竹坞"指的是长满竹子的院落 garden of bamboo，"无尘水槛清"译成了形容词和动词并用的形态，意在形成韵脚。第二句与全诗意境不太和谐，感情流露得比得唐突，因此译起来很生硬。

后面的"秋阴不散"即越聚越多 getting thicker，"霜飞晚"即秋霜未降，译成 frost comes late than ever。最后一句"留得枯荷听雨声"是一个倒装的因果句。因为 rain drops may be heard，所以 keep lotus dry and withered。实际上是在表达诗人因为思念而心生孤独的状态。

宿新市徐公店

（宋）杨万里

篱落疏疏一径深，树头新绿未成阴。

儿童急走追黄蝶，飞入菜花无处寻。

原诗释义

稀稀落落的篱笆旁，有一条小路通向林间深处，树上的花瓣纷纷飘落，新叶刚刚长出，还没有形成树荫。小孩子奔跑着追赶黄色的蝴蝶，可是蝴蝶飞入菜花丛中就再也找不到了。

《宿新市徐公店》是南宋诗人杨万里的作品，本诗通过对春末夏初季节交替时景色的描写，体现了万物勃发的生命力。全诗摄取的景物极为平淡，描绘的人物的活动极为平常，但由于成功运用了景物与人物动静相间的写作手法，完美地刻画出农村恬淡自然、宁静清新的风光。

译 文

Along the scattered fence
a path leads into distance.
Though flower petals fall,
trees don't make shade at all.

Children running to follow
a big butterfly yellow,
together with the butterfly,
into flowers, out of sight.

翻译心得

第一句是景物描述，语言平直，可以对称处理。"篱落疏疏"，用 the scattered 来修饰 fence。在翻译"一径深"里的"深"时，出于照顾韵脚的目的，译成了 a path leads into distance。第二句既是写景也是写季节，也可以对称处理。"树头花落"flower petals fall，"未成阴"don't make shade，为了押韵加上了 at all。

后两句是动态描述。"走"在古汉语中就是跑 running，"追"就是 follow。最后的"菜花"是指油菜花，索性直接译成 flowers。

台 城

（唐）韦庄

江雨霏霏江草齐，六朝如梦鸟空啼。

无情最是台城柳，依旧烟笼十里堤。

原诗释义

　　江面烟雨迷蒙，江边绿草如茵，六朝往事如梦如幻，只剩江鸟哀婉啼叫。最无情的就是那台城的杨柳，依然像烟雾一样笼罩着十里长堤。

　　这首吊古诗以自然景物柳树的"依旧"暗示人世的沧桑，以柳树的"无情"反托人的伤痛，颇具伤今之意。虽然诗词所反映的思想情绪有些消极，但这种虚处传神的艺术表现手法，非常值得借鉴。

译 文

Showers falling fast and thin,

grass carpeting ground green.

Birds crow telling stories

of the six past dynasties.

The most heartless at all

are willows standing by the wall.

Being the same exuberant,

covering the same embankment.

翻译心得

　　"江雨霏霏"说的是诗人目前所处的情景，因此译成 showers falling fast and thin，"江草齐"说的是诗人眼前看到的情景 grass carpeting ground green。用两个分词 falling 和 carpeting 进行处理，可以使读者产生身临其境的动态感觉。"六朝如梦"stories of the six past dynasties，是诗人当时想起的旧事，而"鸟空啼"birds crow 也许正是让他想起旧事的缘由。

　　后两句用反衬的手法，通过指责"无情最是"the most heartless at all "台城柳"，"依旧烟笼十里堤"covering the same embankment。这里用了两个 same，目的就是叙说柳树的无情，来反衬诗人对往事的纠结和怀念。

叹 花

（唐）杜牧

自是寻春去校迟，不须惆怅怨芳时。

狂风落尽深红色，绿叶成阴子满枝。

原诗释义

只因为我去寻访春色走得太晚，不必满怀惆怅，埋怨花开得太早。狂风已经吹尽了鲜红的花朵，现在只剩下片片绿荫和缀满了枝头的果实。

关于此诗，有一个传说：杜牧游湖州，结识一民间女子，年十余岁。杜牧与其母相约过十年来娶，十四年后，杜牧始出为湖州刺史，女子已嫁人三年，生二子。杜牧感叹其事，故作此诗。诗中主要采用"比"的手法。通篇叙事赋物，用自然界的花开花谢、"绿叶成阴子满枝"，暗喻少女妙龄已过，结婚生子。这种比喻不是生硬直露，而是婉曲含蓄。读者即使不知道与此诗有关的故事，把它当作别无寄托的咏物诗，也很值得玩味。这种隐喻手法的成功运用，使本诗显得构思新颖巧妙，语意深曲蕴藉，耐人寻味。

译 文

Setting out late and lazy
I missed the spring beauty.
So it is no use to worry
flowers bloomed too early.

Wind of fury
blew petals away,
leaves dense and shady
fruits rich and heavy.

翻译心得

"寻春"即踏青寻找春色 the spring beauty。"校"是通假字，即"较"。既然已经 missed the spring beauty，就"不须惆怅"no use to worry，还"怨芳时"flowers bloomed too early。

"狂风"wind of fury 也可以是 fierce wind，这里为了照顾韵脚，做了前置处理。"深红色"指的是各种花瓣 petals。最后一句原文是对称型，译文也做了对应处理，先写叶，再写果。

题都城南庄

（唐）崔护

去年今日此门中，人面桃花相映红。

人面不知何处去，桃花依旧笑春风。

原诗释义

去年的今天，正是在这扇门里，你那美丽的面容和盛开的桃花交相辉映，绯红诱人。时隔一年的今天，故地重游，姑娘你那美丽的倩影，已不知去了哪里，只有满树桃花依然在和煦的春风中含笑怒放着。

崔护，唐代诗人。其诗精练婉丽，语气清新。《全唐诗》存诗六首，皆是佳作，尤以《题都城南庄》流传最广。该诗以"人面桃花，物是人非"这样一个看似简单的人生经历，道出了千万人都似曾有过的生活体验。尤其以"人面不知何处去，桃花依旧笑春风"二句流传甚广，为诗人赢得了不朽的诗名。

译 文

Last year, the very day today,
we were here, happy and gay.
Your face flushed beautiful,
in the blooming peaches, smile.

This year, the very day today,
I am here, bewildered and lonely.
Nowhere is your face beautiful,
only the blooming peaches, smile.

翻译心得

这首诗的整体结构近似对称，因此在翻译处理上也适合采用对称的译法。第一句中的"此门中"在下阕没有提及，所以上阕也没有必要翻译出来。但是有必要强调今天这个时间，所以在 today 前面加上了 the very day，表示"就是今天"的意思。第二句"人面桃花相映红"中的"红"指的是艳丽好看，直译为 beautiful。

下阕虽然没有提及日期，但是很容易读出就是一年后的同一天，因此翻译的时候采用了与第一句格式相同的句子，只是选词上体现了截然不同的意境。"不知何处去"只用了一个 nowhere，但是最后一个 smile 和前面的 smile 给人带来的意境截然不同。

题菊花

（唐）黄巢

飒飒西风满院栽，蕊寒香冷蝶难来。

他年我若为青帝，报与桃花一处开。

原诗释义

　　飒飒秋风卷地而来，满院菊花瑟瑟飘摇，菊花的花蕊花香充满寒意，蝴蝶蜜蜂都不愿意靠近。有朝一日我如果变成了主掌春天的神，就安排菊花和桃花一同在春天盛开。

　　《题菊花》是唐末农民起义领袖黄巢创作的一首诗。此诗采用比兴手法，托物言志，抒发了作者的豪迈思想。其不同凡响之处在于它展开了充满浪漫主义激情的大胆想象：一旦自己成为青帝（春神），就要让菊花与桃花在大好春光中一同开放，让菊花也享受到蕊暖香浓蜂蝶绕丛的欢乐。这种对不公正"天道"的大胆否定和对理想中的美好世界的热烈憧憬，反映出诗人超越封建文人价值观念的远见卓识和勇于掌握、改变自身命运的雄伟胆略。

译 文

A cold autumn wind rolls,

in garden of mums it rustles.

Fragrance of flowers chilly,

keeping bees and butterflies away.

If I am in charge one day,

all seasons my word to obey,

mums will bloom, in my order,

in spring with peach together.

翻译心得

　　这里的"飒飒西风"就是凄冷的秋风 cold autumn wind，"满院栽"in garden of mums，这里用了动词 rustle，更加形象。第二句的处理充分照顾了韵脚："蕊寒香冷"fragrance of flowers chilly，只要译出来"香气"就可以了。"蝶难来"keeping bees and butterflies away，把主动句译成了被动句。

　　后两句抒发个人意志。其中"青帝"这句解释起来很费周章，译成 I am in charge，简洁明快。但是下面关于"青帝"的权威是不可忽略的，"青帝"在中国古代神话中是司春之神，总管四季，译成 all seasons my word to obey 很合适。这里的"报"就是发出指令 in my order。"一处"可以说是同时，也可以说是同地，用一个 together 就好了。

题临安邸

（明）林升

山外青山楼外楼，西湖歌舞几时休？

暖风熏得游人醉，直把杭州作汴州。

原诗释义

　　远处青山叠翠，近处楼台重重，西湖的歌舞何时才会停止？香风陶醉了享乐的贵人们，简直是把杭州当作昔日的汴京了！

　　林升，宋代诗人，擅长诗文。《西湖游览志余》录其诗一首。《题临安邸》是林升创作的一首七言绝句，写在南宋皇都临安的一家旅舍墙壁上，表现了诗人对南宋统治者恨铁不成钢。全诗构思巧妙，措辞精当，冷言冷语地讽刺，偏从热闹的场面写起。虽然愤慨已极，却无谩骂之语，是讽喻诗中的杰作。

译 文

On mountains overlapping and verdant
upright the pavilions magnificent.
Endless singing and dancing
around Xihu Lake, ongoing.

Night wind of warm summer
fumigates tipsy visitors,
who take the beautiful Hangzhou
as Bianliang, the lost capital.

翻译心得

　　第一句中的两个"外"字体现的意思就是重重叠叠 overlapping。西湖是举世闻名的旅游胜地，可以直译，一般不会引起误解。这里强调的主要是"歌舞几时休"，可以用 endless 和 ongoing 两个词来渲染。

　　"熏"翻译成 fumigates 比较形象和直接，"游人醉"译成"微醉的游人"tipsy visitors，符合原诗意境。"杭州"和西湖在名气上差不多，所以不用意译。而"汴州"虽然一度做过都城，但在历史上没有什么名气，翻译的时候做了注释性添笔 the lost capital。

题龙阳县青草湖

（元）唐珙

西风吹老洞庭波，一夜湘君白发多。
醉后不知天在水，满船清梦压星河。

原诗释义

秋风劲吹，洞庭湖水泛起层层白波，一夜愁思，湘水之神也应该多生了白发。醉卧扁舟，不知道水中的星辰只是倒影，做了一夜的梦，还以为我是睡在天河之上。

唐珙，字温如，元末明初诗人。此篇是唐温如唯一的传世之作，然而就是这一首传世之作，让人们深深地记住了他。这首七言绝句中充满了浪漫主义色彩，笔调轻灵，写来不拘一格，超尘拔俗。写景叙梦，有虚有实，恍恍迷离，在缥缈奇幻的诗境中，体现出诗人特有的精神风貌。

译 文

A night of west gale
drives the lake wrinkle.
Waves became pale
as angel hair in fairy tale.

Unaware, after drunken,
the stars are reflection.
All my dreams frequent,
loiter in Milky way of sentiment.

翻译心得

为了形成韵脚，把"西风"译成gale，有点儿过头。"吹老"也可以说是"吹皱"洞庭波 drives the lake wrinkle，是比较形象的比喻。"湘君"这里用来喻指波浪 waves。后面的"湘君白发多"是比喻，指波浪翻滚的白色如同湘君的白发一样多。这里翻译成 pale as angel hair in fairy tale，属于抽象处理。

后两句写的是诗人的感受。"天在水"，即指万物倒映于湖水之中 just the reflection。"压星河"解说开来，就是我漂浮在星辰的倒影之上，翻译的时候发挥了想象，即 my dreams frequent, loiter in Milky way of sentiment——我一夜的梦都在多情的银河中游荡。

题乌江亭

（唐）杜牧

胜败兵家事不期，包羞忍耻是男儿。

江东子弟多才俊，卷土重来未可知。

原诗释义

　　胜败是兵家难以预料的常事，能忍受失败和耻辱才是真正的男儿。江东的小伙子们大多是才能出众的人，若能重整旗鼓，卷土杀回，楚汉相争，谁输谁赢还很难说。

　　《题乌江亭》是唐代诗人杜牧的一首七言绝句。这首诗议论战争成败之理，提出自己对历史上已有结局的战争的假设性推想，强调胜败乃兵家常事，同时对项羽负气自刎表示了惋惜。

译　文

No general is certain
of being victorious or beaten.
Facing shame and failure,
army needs broad-minded warrior.

Suppose no suicide by river,
again he collected his fighters.
With help of these revengers
they might recover from dangers.

翻译心得

　　第一句说的"不期"就是不一定，即 no general is certain。军队在这个时候需要一个能够"包羞忍耻"facing shame and failure 的将军，这个人应该有男人气度，即 broad-minded。

　　后两句是对当时历史情景的反向虚拟，为了让读者明白诗文的指向，使用了明显的虚拟词 suppose，即"假如项羽不自杀的话"，他就可以 collected his fighters。"江东子弟多才俊"，都会成为 revenger。"卷土重来"意译为 recover from dangers。因为"未可知"，翻译时加了 might。

题西林壁

（宋）苏轼

横看成岭侧成峰，远近高低各不同。
不识庐山真面目，只缘身在此山中。

原诗释义

从正面看，庐山山岭连绵起伏，从侧面看，庐山山峰耸立，从远近高低各个角度看庐山，庐山都呈现出不同的样子。之所以认不清庐山真正的面目，就是因为我身处庐山之中。

《题西林壁》既是一首写景诗，又是一首哲理诗，哲理蕴含在景色描绘之中，既描述了庐山的各种形态，又写出了作者的感悟。从不同的方位看庐山会有不同的印象，就是因为"身在此山中"。换句话说，只有远离庐山，跳出庐山的遮蔽，才能看到庐山的全貌。全诗用通俗的语言，深入浅出地表达了哲理，亲切自然，耐人寻味。

译 文

Seen from front,
a ridge winding and long.
Seen from side,
a peak upright and high.

The Mountain differs all the way
from places near or faraway.
Failure to see its true appearance
is being amid the mountains.

翻译心得

"横看"既然是与后面的"侧看"seen from side 相对，就可以认为是从正面看 seen from front。而"岭"就是 a ridge，winding and long 既可以起到修饰作用，也可以形成好的韵脚。同理，"峰"也是这样处理的。有"远近"必有"高低"，两者翻译一个就可以了。再加上一个 differs all the way，就可以完全表达诗词原意了。

鉴于原诗后两句有丰富的哲理性，在处理"真面目"的时候使用了 true 而不是 real。

同儿辈赋未开海棠

（金）元好问

枝间新绿一重重，小蕾深藏数点红。

爱惜芳心莫轻吐，且教桃李闹春风。

原诗释义

海棠的树枝之间，新长出的绿叶层层叠叠，娇小的花蕾隐匿其间，微微泛出些许红色。一定要爱惜自己那份独特的芳香，不要轻易盛开，姑且让桃花李花在春风中尽情绽放吧！

这首七言绝句是金代诗人元好问所作。诗人作此诗时已入暮年，抱着与世无争的态度回到了故乡，心里清楚，自己已经再没有能力周济天下了，只能坚守节操，独善其身。这首诗借吟咏未开之海棠，从一个侧面寄托了诗人的这种心态。

译 文

Among dense branches of crab apple,
and under layers of leaves shadow,
tiny red spots found silently,
of flower buds sprouted vaguely.

Reluctant to leak fragrance of flower,
trying to bloom late they would rather.
So let the honor of peach and plum
take pride in this spring of charm.

翻译心得

上阕第一句看似字间繁杂，其实是可以对应直译的。"枝间"译成 among dense branches，"新绿一重重"译成 under layers of leaves。第二句"小蕾深藏"意译为 sprouted vaguely，为了照顾韵脚，"数点红"译成了 red spots found silently。

下阕"爱惜芳心莫轻吐，且教桃李闹春风"，有双关的意境。表面看是说海棠花，实际上却是在警醒自己不要太露锋芒。所以在翻译的时候使用了几个抽象的词如 honor、take pride、charm 等，让读者在欣赏译作的同时领会其蕴含的哲理。

晚 春

（唐）韩愈

草树知春不久归，百般红紫斗芳菲。

杨花榆荚无才思，惟解漫天作雪飞。

原诗释义

花草树木得知春天不久就要归去，于是各逞姿色，争芳斗艳，欲将春天留住。就连那本来没有美丽颜色的杨花、榆荚也不甘示弱，随风飞舞，好像雪花漫天飘散，加入了留春的行列。

《晚春》是韩愈的一首写暮春景色的七绝。此诗成功运用了拟人的修辞手法，把自然界的花草树木写得栩栩如生、活灵活现，并通过叙述它们的留春表现，寄寓着人们应该乘时而进，抓紧机会去创造有价值的东西这层意思。

译 文

Grass and trees know it's near
the time for spring to disappear.
A profusion of colors present
for this valedictory moment.

Even the poplar blossom and elm seeds
who have no gorgeous charms to please
would also dance and fly
like snowflakes in the sky.

翻译心得

这首诗开头的"草树"实际上指花草树木，但是为了忠实于原文，翻译的时候没有加上花。但是这样的话，后面一句"百般红紫斗芳菲" a profusion of colors 就显得不太合乎逻辑了。

下阕的"杨花榆荚"都要对应直译，而"无才思"的意思应该是没有缤纷的色彩 have no gorgeous charms，这里选择了意译。

望洞庭

（唐）刘禹锡

湖光秋月两相和，潭面无风镜未磨。

遥望洞庭山水翠，白银盘里一青螺。

原诗释义

　　秋天的夜里，澄澈空明的洞庭湖水与素淡的月光交相辉映，形成了一个缥缈、宁静、和谐的境界，湖上无风，平静的湖面宛如一面未经磨拭的铜镜。远远望去，洞庭山青水绿，那座处在泛着白光的湖水上林木葱茏的青山，看上去就像白银盘里的一只青螺。

　　刘禹锡的这首《望洞庭》选择月夜作为背景，从一个广阔的角度观看千里洞庭，用心描述了最有代表性的湖光山色；再通过丰富的想象和巧妙的比喻，独出心裁地让洞庭美景跃然纸上，艺术魅力惊人。

译 文

What a harmonious lake at night
under crystal autumn moonlight!
The lake as plain as a mirror
when no breeze blows over.

On dark green surface of lake
stands a mountain as if fake,
like a snail exquisite
put on a silver plate delicate.

翻译心得

　　第一句"湖光秋月两相和"里的"和"指的是景致和谐 harmonious，为了表达诗人的欣赏之情，用了感叹句式。而"镜未磨"不是说粗糙，而是有浑然天成的细腻质感 as plain as a mirror。把"无风"译成 no breeze，更凸显了月夜的宁静。

　　后两句中的"洞庭山水"应该分为两部分，山是山，水是水，这样就可以理解后面的比喻中，水就是"白银盘" a silver plate delicate，山就是"一青螺" a snail exquisite。

望夫山

（唐）刘禹锡

终日望夫夫不归，化为孤石苦相思。
望来已是几千载，只似当时初望时。

原诗释义

　　整天盼望丈夫，可是他没有归来，最后她化成一块石头，孤零零地立在那里，苦苦等待。这妇人在这里望夫已经几千年了，还保持着当年站在这里遥望的姿态。

　　传说古时候有一位妇女思念远行的丈夫，立在山头守望不回，天长日久竟化为石头。这个古老而动人的传说在民间流传甚广。相传刘禹锡写这首诗的时候，因为在政治上备受打击和迫害，长时间流落在这里，思念京都国府的心情非常迫切，所以借咏望夫石寄托情怀。诗人用意深远，通过描述一个凄美的爱情故事，形象地把自己比喻成了古时的忠贞女子。既表达了诗人的思归之情，又含蓄地展示了他坚贞不渝的品行。

译 文

On top of mountain stands a lady
awaiting her man to return someday.
Too long she has been standing alone,
gradually her body turned into stone.

For several thousands of years
she looked at him in tears.
She kept herself the same posture
as the first time she stood there.

翻译心得

　　译文第一句在原诗中没有，这是译者在查阅了望夫石的典故之后所做的加译。而真正的第一句"终日望夫夫不归"只是用了很普通的语言 awaiting her man to return someday 做了对应处理。第二句也是译者在充分理解原诗意境之后做出的意译。"化为孤石"she has been standing alone 以及 her body turned into stone 都是意会。

　　第三句的"望来"是女人的盼望 she looked at him。"已是几千载"译成 for several thousands of years，several 一词在意向上表多。最后一句"只似当时初望时"写的是女人对夫君的忠贞，为了透彻地表述这种精神，加上了 she kept herself the same posture。

望庐山瀑布

（唐）李白

日照香炉生紫烟，遥看瀑布挂前川。

飞流直下三千尺，疑是银河落九天。

原诗释义

香炉峰在太阳的照耀下升起了袅袅紫烟，远远望去，瀑布像白色绢绸悬挂在山前。高崖上飞腾直落的瀑布好像有几千尺，不禁让人有些迷惑：难道是天上的银河直落人间？

《望庐山瀑布》是李白的代表性诗作。诗歌在描写庐山瀑布风景的过程中，成功地运用了比喻、夸张和想象的手法。其奇特的构思和生动形象、洗练明快的语言，都向读者展示了诗人丰富的想象力、气势恢宏的笔法和奔放的性格。诗歌行文自然清新，是自然美和率真美的完美结合。

译 文

On sheer peak the sun shines,

which rolls up a smog divine.

Very faraway in distance,

waterfall hangs in mountains.

The rapid falling white current

rushes down sharp and violent.

Which arouses our suspicion

the Milky Way drops from heaven.

翻译心得

香炉指的是山峰，为了避免误解，只译成 sheer peak，为了形成好的韵脚，顺序上采用了倒装形式。为了突出意境之美，把紫烟译成 a smog divine，更凸显了神秘之感。第二句的"遥看"本来是诗人发出的动作，这里从观看的客观角度，处理为 very faraway in distance，效果是一样的。动词"挂"译成 hangs 很恰当。

"三千尺"是很难理解的夸张语言，这里略去，改成了形容瀑布强势落下的几个形容词 rapid falling 和 sharp and violent，效果更好。银河在英语中有固定的对应形式 the Milky Way，直接取用。

望天门山

（唐）李白

天门中断楚江开，碧水东流至此回。

两岸青山相对出，孤帆一片日边来。

原诗释义

奔流的长江犹如巨斧，从中间劈开了天门山。碧绿的江水一路东流，在这里改变了方向。两岸青山隔江对峙，有一叶孤舟从西边落日的地方悠然而来。

《望天门山》是李白于开元十三年（公元725年）赴江东途中行至天门山时创作的一首诗。全诗通过对天门山景象的描述，赞美了大自然的神奇壮丽，表达了作者初出巴蜀时乐观豪迈的心情，展示了作者自由洒脱、无拘无束的精神风貌。作品意境开阔雄伟，动静相映成趣，用精致的语言描绘奇妙的图景，让人浮想联翩，急欲亲往。

译 文

Rushing river splits mountain
to the east runs its direction.
The torrent here would cease
and waves whirls as they please.

Along banks stand mountain giants,
facing each other in fighting minds.
Between them comes a boat free,
out of sunset, slow and lonely.

翻译心得

"天门"指的是天门山，诗歌翻译因为受到字数限制，山水地名一般不翻译，只表达其属性。这里的"中断"splits是把"楚江"rushing river 拟人化了，翻译的时候做了对应处理。为了与这句译文相呼应，下面的"碧水"译成了 torrent，而在翻译"东流"的时候为了照顾韵脚，把它合并到了上一句 to the east runs its direction。"回"译成 whirls 比较形象。

后两句的翻译处理倾向于隐喻，用 mountain giants 来比喻两岸青山，把"相对出"理解为 facing each other，加上 in fighting minds，显得非常有气势。最后一句与第三句形成了鲜明的动静对比，意境尤其明显。"孤帆"和 mountain giants 形成对比，out of sunset 和 fighting minds 形成对比，生动而形象。

闻王昌龄左迁龙标遥有此寄

（唐）李白

杨花落尽子规啼，闻道龙标过五溪。

我寄愁心与明月，随风直到夜郎西。

原诗释义

　　在杨花落尽、子规啼鸣的时候，我听说你赶赴龙标时路过五溪。我把我忧愁的心思寄托给天上的明月，希望它能随风而动，一直陪着你到夜郎以西。

　　此诗是李白为好友王昌龄贬官而作，表达了对其怀才不遇的惋惜之情。全诗选择了杨花、子规、明月、风等自然元素，凭借奇特的想象力编织出了一个朦胧的梦境，虽未追叙与好友昔日的情谊，但通过对幻想的描写，展示了两人之间真挚感人的友情。

译 文

When poplar catkin fall
and cuckoo crow,
words come into my dreams
that you passed by Five Streams.

Be with you my worried heart
together with the moon bright,
following wind sharper,
to the west on border.

翻译心得

　　"杨花"指的是柳絮，译成 poplar catkin。"闻道"即听人说 words come。为了照顾韵脚，也为了增加缘分感，加译了 into my dreams。

　　"我寄"用得活灵活现，表现了诗人对友人的担忧。"愁心"worried heart，"与明月"with the moon bright，"夜郎"是边陲地区，即 on border。

乌衣巷

（唐）刘禹锡

朱雀桥边野草花，乌衣巷口夕阳斜。

旧时王谢堂前燕，飞入寻常百姓家。

原诗释义

昔日繁华的朱雀桥边，现在只能看见一些野草野花了，曾经远近闻名的乌衣巷口，也唯有一轮夕阳斜挂在那里。当年的名门望族如王导、谢安等，他们宅邸檐下的燕子，如今都已经飞进寻常百姓家。

《乌衣巷》是刘禹锡的怀古组诗《金陵五题》中的第二首。此诗回忆昔日秦淮河上朱雀桥和南岸乌衣巷的繁华鼎盛，对比如今野草丛生的荒凉残照，感慨沧海桑田，人生多变。诗中没有一句议论，只是通过对野草、夕阳的描写，以燕子作为盛衰兴亡的见证，巧妙地把历史和现实联系起来，引导人们去思考时代的发展和社会的变化，含有深刻的寓意。

译 文

Once known for prosperity and splendors,
Rosefinch Bridge is now of wild flowers.
The lane of Black Gown the celebrity
sees the desolated sunset lonely.

The swallows used to flutter
in courtyards of noble and power,
are flying into free
many folk homes ordinary.

翻译心得

"朱雀"在中国古代总是繁华鼎盛之地的代名词，而且已经通识为 Rosefinch Bridge。这里的"野草花"是用来与当年的繁华形成对比的，因此要用 wild flowers。"乌衣巷"lane of Black Gown 也是很有名的古代富豪家庭的聚集地，因此都有现成的译名。"夕阳斜"说的是现今这里的荒凉，译成 the desolated sunset lonely。

"王谢"指的是当年住在这里的两户权贵之家 courtyards of noble and power，"寻常百姓家"就是 folk homes ordinary，为了照顾韵脚，形容词后置。

西塍废圃

（宋）周密

吟蛩鸣蜩引兴长，玉簪花落野塘香。

园翁莫把秋荷折，留与游鱼盖夕阳。

原诗释义

蟋蟀啁啾，秋蝉鸣唱，引发了我的无限兴致，玉簪一样的花瓣纷纷落入池塘，散发出阵阵芳香。那位园中主人，别把秋天枯萎的荷叶折掉，留着它们，也好给那些游鱼遮挡一下夕阳。

周密，宋代文学家，擅长诗文书画，谙熟宋代掌故。著有《齐东野语》等，词集名《频洲渔笛谱》《草窗词》。这是周密写的一首新颖别致的抒情小诗，诗中描写的秋色肃杀悲凉，凄清哀怨的蟋蟀和秋蝉鸣叫的声音，不知引发了多少人心中的惆怅。

译 文

Crickets murmur, cicadas sing,
my curiosity thus arousing.
Into a pond flowers falling
while fragrance kept emitting.

Please keep Lotus as they were,
my old fellow the gardener.
Like umbrellas they stand,
fish to care and defend.

翻译心得

"吟蛩鸣蜩"是借用昆虫的声音来衬托秋意，可以直译为 crickets murmur, cicadas sing。"兴"既可以理解为兴致，也可以理解为好奇 curiosity。"引"即为激发之意，译成 arousing 合适。"玉簪花"说的是花儿的形状，落入野塘之后依然香气弥漫 fragrance kept emitting。

后两句由景色描写转换为直抒胸臆。"园翁"即 my old fellow the gardener，"莫把秋荷折" keep Lotus as they were。"游鱼" fish，"盖夕阳"只是表达了诗人的爱意，其实际语意是保护这些鱼儿，即 fish to care and defend。但是既然诗人用了"盖"这个动词，翻译的时候就加上了 like umbrellas they stand，显得更加符合原诗意味。

西宫秋怨

（唐）王昌龄

芙蓉不及美人妆，水殿风来珠翠香。

谁分含啼掩秋扇，空悬明月待君王。

原诗释义

　　盛开的莲花虽美，但不及梳妆的美人好看。帝王的游船被风吹来，美人身上的香气也随风而至。谁料这样美貌动人的女子，如今却只能含悲饮泣，终日以团扇掩面，夜夜站在皎洁的月光下等待君王驾幸。

　　王昌龄，盛唐著名边塞诗人，被后人誉为"七绝圣手"，与李白、高适、王维、王之涣、岑参等交情深厚。其诗以七绝见长，尤以登第之前赴西北边塞所作边塞诗最为著名，有"诗家夫子王江宁"的说法。他的这首诗以春天的花月良宵为背景，描写了一个幽闭深宫的少女以及她的一连串动作和心态，运思深婉，刻画入微，道出了深宫怨女极其微妙也极其痛苦的心情。

译　文

Even the blooming lotus pretty
is not comparable to my beauty.
Breeze fills the water palace
with fragrance of my necklace.

The tiny silk fan in my hand,
too small for sorrow to pretend.
Will his majesty come tonight
under the tranquility of moonlight?

翻译心得

　　"芙蓉"是莲花 lotus 的别称，这里用来与美貌相比，自然是盛开之态，因此翻译的时候加上了 blooming，同时用了后置定语 pretty 形成韵脚。"美人妆"指的是妆后美人。风能够送来美人的香气，一定是微风 breeze。"谁分"是最难理解的部分，有"谁知道"之意。"掩秋扇"说的是用团扇掩面，但是遮不住心中的惆怅，以至于心中悲苦无法掩饰 pretend。"君王"译成 his majesty，能够显示女子因长期失宠而对夫君产生的敬畏心理。

戏题盘石

（唐）王维

可怜盘石临泉水，复有垂杨拂酒杯。
若道春风不解意，何因吹送落花来。

原诗释义

可爱的巨石大如席，下面流淌着潺潺泉水，垂着的杨柳枝轻拂我的酒杯，临泉而饮，是多么高雅的情趣。绵绵的春风吹来，难道不解我意吗？如果说你不解我意的话，为什么又要把落花吹到我眼前来？

王维作诗，善于剪裁生活中的片段作为诗歌的素材，作品往往味外有味，感人至深。这首诗可谓"诗中有画，画中有情"。且看此诗的意境：磐石如席，春风习习，花片飞舞在岸边巨石畔，整个一幅美丽的春归图。绿杨飘拂，酒杯高举，临泉吟诗，又是一种多么高雅的情趣。

译 文

Facing the fountain
lies a table stone.
Drooping willow
kisses the wine cup alone.

Spring wind comes and
falling flowers follow,
who said not
it is sentimental?

翻译心得

这里的"可怜"不是 poor，它指的是那个大"盘石"table stone 非常让人喜欢。"临泉水"facing the fountain 本来就是让人倾慕的所在，而"复有垂杨"drooping willow"拂酒杯"kisses the wine cup alone 则更是让人流连忘返。

不仅如此，还有"解意"sentimental 的"春风"spring wind"吹送落花来"falling flowers follow。

戏为六绝句（其二）

（唐）杜甫

王杨卢骆当时体，轻薄为文哂未休。

尔曹身与名俱灭，不废江河万古流。

原诗释义

"初唐四杰"王、杨、卢、骆开创了一代诗词的风格和体裁，浅薄的评论者对此讥笑是无休无止的。你们的肉体和名声化为灰土之后，也丝毫无伤滔滔江河的万古奔流。

本诗是《戏为六绝句》中的第二首。针对当时文坛上一些人贵古贱今、好高骛远的习气，杜甫写了这首批评诗，它反映了杜甫反对好古非今的文学批评观点。诗中既明确地肯定了王、杨、卢、骆"初唐四杰"的文学贡献和地位，又告诫那些轻薄之徒不要一叶障目。"初唐四杰"的诗文将传之久远，其历史地位不容抹杀。

译 文

Four renowned poets in Tang Dynasty
created a prevalent style of poetry.
But received unceasing sneer
from some superficial observer.

History will see extinction
of the bodies and reputation.
But not at all would hinder
flowing mainstream of culture.

翻译心得

"王杨卢骆"在翻译的时候无法一一阐释，只能以概述的形式译出，即 four renowned poets in Tang Dynasty。而诗中提到的"当时体"就是他们创立的诗文写作之风 a prevalent style of poetry。新的写作风格受到当时一些文人墨客的攻击，即"轻薄为文哂未休"unceasing sneer from some superficial observer。

下阕表达的是诗人的态度。"尔曹"指的是这些文人墨客，他们"身与名俱灭"extinction of the bodies and reputation，"不废江河万古流"指的是不会对文化发展造成任何影响，这里用 hinder 很确切，同时也为下句预备了很好的韵脚。

夏日田园杂兴（其七）

（宋）范成大

昼出耘田夜绩麻，村庄儿女各当家。

童孙未解供耕织，也傍桑阴学种瓜。

原诗释义

　　白天在田里锄草，夜晚在家中搓麻线，村中的男男女女各有各的家务劳动。小孩子虽然不会耕田织布，也在桑树荫下学着种瓜。

　　范成大，南宋诗人。他继承了白居易、王建、张籍等新乐府诗人的现实主义精神，诗作风格平易，题材广泛，以反映农村社会生活内容的作品成就最高。他与杨万里、陆游、尤袤合称南宋"中兴四大诗人"，有《石湖集》《揽辔录》《吴船录》《吴郡志》《桂海虞衡志》等著作传世。他的这首诗描写了农村夏日生活中的一个场景，用清新的笔调，对农村初夏时的紧张劳动气氛做了较为细腻的描写，读来妙趣横生。

译 文

Weeding in fields under sunlight
and spinning bast fibers at night,
farmers keep being busy everyday
as housework distributed in family.

Little children cannot weave and plow
for being too young to be a know–how,
but learn to seed two or three
under shade of mulberry tree.

翻译心得

　　第一句中的难点是"绩麻"，即农村的搓麻绳。这里译成 spinning bast fibers 是比较牵强的。"村庄儿女"指的是农民，即 farmers, 而"当家"就是操持家务 housework distributed in family。

　　如果说前面写的是乡村的劳累，那么后面写的就是乡村的闲暇。"童孙"little children，"未解"是"还不会"的意思，译成 cannot weave and plow，这里为了照顾韵脚加了一句解释 for being too young to be a know–how。最后一句的"学种瓜"强调的是"种"而不是"瓜"，因此译成 to seed two or three。

闲居寄诸弟

（唐）韦应物

秋草生庭白露时，故园诸弟益相思。

尽日高斋无一事，芭蕉叶上独题诗。

原诗释义

　　正值白露时节，秋草长满庭院，我更加思念我的各位兄弟。整天待在家里无事可做，就在芭蕉叶上独自题诗，排解一下。

　　韦应物，唐代诗人。诗风恬淡高远，以善于写景和描写隐逸生活著称。因出任过苏州刺史，世称"韦苏州"。今传《韦江州集》《韦苏州诗集》《韦苏州集》于世。这首诗是韦应物僻居滁州时，因思念身在长安的亲人，创作了此诗。该诗把白露时节的秋景与心中的愁思相结合，再加上对无聊时光的描述，让人心生同感。

译 文

On autumn weeds
there is dew.
I miss my brothers
quite a few.

Too idle
in my residence everyday
on banana leaves
write poetry.

翻译心得

　　"白露"是中国文化中的一个节气，意指露水降临之时。翻译的时候不能直译，只能用意译的方法将此句处理成 On autumn weeds there is dew。"诸"用 quite a few 来表达，既准确又可以形成好的韵脚。

　　第三句"尽日高斋无一事"说的是作者的清闲，用 too idle 是很合适的。"芭蕉"虽然与香蕉不同，但是英文只提供了一个词 banana，只能用这个了。

乡村四月

（宋）翁卷

绿遍山原白满川，子规声里雨如烟。

乡村四月闲人少，才了蚕桑又插田。

原诗释义

　　山坡田野间草木茂盛，稻田里的水色与天光相辉映。天空中烟雨蒙蒙，到处可以听到杜鹃的声声啼叫。四月到了，乡村里看不见闲人，刚刚结束了蚕桑之事，又要忙着去地里插秧了。

　　翁卷，南宋诗人，"永嘉四灵"之一，生平未仕，以诗游士大夫间。有《四岩集》《苇碧轩集》。清光绪《乐清县志》卷八有传。翁卷的这首诗以白描手法写江南农村初夏时节的景象，效果就像一幅生动鲜明的图画，不仅表现了诗人对乡村风光的热爱与赞美，也表现出他对劳动生活的赞美之情。

译 文

Hillside fields lush and green,

waves in rice paddy white and clean.

Amid fog of shower

spring cuckoos twitter.

In the busy season April,

no farmer is found idle.

Just finished silkworms raising,

followed a rush to rice seedling.

翻译心得

　　第一句中的"绿遍山原"好理解，但"白满川"指的却是翻滚的白浪 waves in rice paddy white and clean，为了与上一句押韵在后面加上了 clean。第二句采用倒装译法，先说"雨如烟"amid fog of shower，再说"子规声里"cuckoos twitter，显得绘声绘色。

　　第三句语言简单，直白翻译。第四句的"插田"就是插秧 rice seedling，加上 rush 要表明的是急匆匆的样子。

乡 思

（宋）李觏

人言落日是天涯，望极天涯不见家。
已恨碧山相阻隔，碧山还被暮云遮。

原诗释义

人们都说，日落之处是天涯海角，可是我极力向天涯远望，也没有看到我的家乡。本来就恼恨眼前青翠的高山阻碍了我的视线，可那重重暮云还把这些高山给遮挡住了。

古诗中表现乡思，除了听风听雨外，最多的是通过登临送目来寄托思念。李觏这首绝句也是通过远望来释放自己的乡愁。全诗四句分四层意思，不断地由近及远，层层推进，把思想感情发挥到极致。

李觏，北宋时期重要的哲学家、思想家、教育家、改革家。他奋发向学、勤于著述，博学通识，尤长于礼。他不拘泥于汉、唐诸儒的旧说，敢于抒发己见，推理经义，成为"一时儒宗"。

译 文

They say the end of earth
is where sun goes down,
I strain my eyes to see
but cannot find my hometown.

Grumbling at the mountains
so high and verdant.
But what's worse even?
The clouds blocking the mountain.

翻译心得

"人言"在英语里就是 they say。"落日"此处意为"日落之处"，即 where sun goes down。"天涯"词典的解释是 the end of the earth。"望极天涯"说的是诗人极目远眺 strain my eyes to see，都看到天涯海角了，也看不见自己的家乡 but cannot find my hometown。

"已恨"的"恨"是抱怨、怨恨之意。"碧山"译成 the mountains so high and verdant，属于直译。加上一个 high，就可以把"阻隔"的意思表达出来。最后一句实际上是上一句诗意的递进：上一句是"没想到" grumbling at，这一句是"居然还" worse even。加上了这两个表情态的短语，诗人的心境就跃然纸上了。

小 池

（宋）杨万里

泉眼无声惜细流，树阴照水爱晴柔。
小荷才露尖尖角，早有蜻蜓立上头。

原诗释义

　　泉眼出水悄然无声，是因为舍不得那细细的水流；树荫倒映在水面，是因为喜爱晴天和风的轻柔。娇嫩的小荷叶刚从水面露出尖尖的角，早有一只调皮的小蜻蜓站在它的上头。

　　杨万里，著名文学家、爱国诗人，"南宋四大家"之一。他广师博学，一生作诗两万多首，创造了语言浅近明白、活泼自然，饶有谐趣的"诚斋体"，被誉为一代诗宗。《小池》是他的著名诗篇。此诗通过对小池中的"泉水""树阴""小荷""蜻蜓"的描写，描绘出一种具有无限生命力的生动画面。该诗用语朴素、自然，而又充满生活情趣，表现了作者对生活的热爱。

译 文

To keep the slender water flow,
fountain effuses quiet and slow.
Trees green and wind gentle
over the lake makes soft shadow.

A lotus bud delicate and special
just emerged with a sharp angle.
A dragonfly naughty and little
landing on it to shake and toddle.

翻译心得

　　第一句采用了倒装译法，且形成了不定式引导的原因状语。在权衡"泉眼"的译法时，最后决定使用 fountain 而不是 spring，因为后者容易引发春天的歧义。第二句"树阴照水爱晴柔"说的是树荫下的温柔 soft shadow。

　　下阕是本诗的惊世之笔，常比喻初尝世事的年轻人总会遇到不顺心的事情。这种双关形式的写法从来都是最难翻译的。这里只好按照原意做对称处理，其中深意只能由读者自行体会了。

小儿垂钓

（唐）胡令能

蓬头稚子学垂纶，侧坐莓苔草映身。
路人借问遥招手，怕得鱼惊不应人。

原诗释义

一个头发蓬乱、面孔稚嫩的小孩儿在河边学钓鱼，侧着身子坐在草丛中，野草掩映了他的身影。听到有过路的人问路，小孩儿远远地摆了摆手，生怕惊动了鱼儿，不敢回应过路人。

胡令能，唐朝诗人。他的诗语言浅显而构思精巧，生活情趣很浓。现仅存七绝四首，皆写得十分生动传神、精妙超凡，宛如仙家所赠。他的这首诗描写了一个小孩子在水边聚精会神钓鱼的情景，通过典型细节的描写，极其传神地再现了儿童那种天真的童心和认真的童趣。全诗形神兼顾，栩栩如生，用清新活泼的寥寥数语便绘出一幅童趣盎然的图画，不失为一篇情景交融、形神兼备的佳作。

译 文

A teen in disheveled hair
starts fishing by a river fair.
The grass thick and high,
almost hides his body side.

When asked for direction,
hands wave without pronunciation.
Any sound would be scary,
fish might be swimming away.

翻译心得

"蓬头"在词典里有固定译法 disheveled hair，可以直接套用。"稚子"teen，"学垂纶"就是学钓鱼 starts fishing。"草映身"相当于草掩身 hides his body side。

"路人借问"在这里被处理成被动语态 asked for direction，"遥招手"说的是小孩儿的反应 hands wave，加上"不敢出声"就是因为"怕得鱼惊"，"不应人"without pronunciation。

晓出净慈寺送林子方

（宋）杨万里

毕竟西湖六月中，风光不与四时同。
接天莲叶无穷碧，映日荷花别样红。

原诗释义

到底是西湖的六月啊，山水风光与其他季节不一样。湖面上铺满了荷叶，青翠碧绿，一望无际，好像与蓝天连成了一片。盛开的荷花，在阳光灿烂的映照下，色彩特别明亮，美丽动人。

《晓出净慈寺送林子方》是南宋诗人杨万里的一首描写西湖六月美丽景色的诗。诗人在六月的西湖送别友人林子方，所作诗文既不畅叙友谊，又不纠缠于离愁别绪，而是通过对西湖美景的极度赞美，曲折地表达对友人的眷恋。这首诗诗中有画，画中有诗，美妙动人，千年传诵。

净慈寺：全名"净慈报恩光孝禅寺"，与灵隐寺齐名，为杭州西湖南北山两大著名佛寺。

译 文

It is June,
after all,
landscape in Xihu Lake
is different at all.

Lotus leaves parade,
as if an endless piece of jade.
Lotus flowers under sunshine
show a red color special and fine.

翻译心得

第一句是第二句的原因，翻译的时候要考虑到这个因果关系，"毕竟"译成 after all 可以把因果语气表现出来。

第三句的夸张之处在于"接天"二字，一个 endless 就可以了。而"无穷碧"指的是一块无边的大玉，直译即可。"映日"的意思是被阳光照耀，即 under sunshine。"别样红"是红得与众不同，即 a red color special and fine。

谢亭送别

（唐）许浑

劳歌一曲解行舟，红叶青山水急流。

日暮酒醒人已远，满天风雨下西楼。

原诗释义

　　唱完了一曲送别的歌，你便解开了那远行的舟，两岸是青山，满山是红叶，河水匆匆地向东流去。暮色降临时分，我从醉中醒来，才知道人已远去，这时突然风雨大作，我只好一个人独自离开了西楼。

　　许浑，唐代诗人。题材多以怀古、田园为主，诗中多描写水、雨之景，后人以"许浑千首诗，杜甫一生愁"评价之。代表作有《咸阳城东楼》。《谢亭送别》是他在宣城送别友人后写的一首诗，该诗以描写景色作为烘托，表达了诗人送别友人时的惆怅。

　　谢亭，又叫谢公亭，在宣城北面，南齐诗人谢朓任宣城太守时所建。他曾在这里送别朋友范云，后来谢亭就成为宣城著名的送别之地。

译 文

After my song of farewell,

you went away.

Amid leaves red and slops green,

in such a hurry.

When I sobered the end of day,

you were faraway already.

It became rainy and windy,

I went home, lonely.

翻译心得

　　前两句说的是送别友人。"劳歌一曲"是诗人唱了一首送别的歌 song of farewell，"解行舟"就是上路离开 went away。"红叶青山"景色虽美，但是友人急于赶路，没有心思观赏。因此这里用了 amid，加上 in such a hurry "水急流"，更是反映了友人离开时的急迫心情。

　　后两句说的是诗人自己的感受。"酒醒"译成 sobered，恰到好处。"下西楼"就是说回家了，译成 went home 最好理解。

新市驿别郭同年

（宋）张咏

驿亭门外叙分携，酒尽扬鞭泪湿衣。

莫讶临歧再回首，江山重叠故人稀。

原诗释义

我们在驿站门口道别，把酒都喝光了，等到挥鞭上路分别的时候，泪水已经把衣襟浸湿。不要怪我在交叉路口再次回头看你，此地一别，山重水复，再想见到知心朋友就难了。

张咏，北宋诗人。历官枢密直学士、御史中丞、礼部尚书。谥号忠定。著有《乖崖集》。此诗作于张泳任相州通判离任之际，全诗语言明净，没有华靡浮艳的习气。

译 文

At gate of House Postal,

we said farewell.

When wine empty,

tears fell on horse ready.

Do not be puzzled that

I kept turning my head,

once you are on the road

hardly to see a friend old.

翻译心得

"驿亭"在中国古代指的是长途旅行时中途歇脚的地方，而在英语国家这个地方一般都是邮政驿站。但是鉴于没有对应的词来翻译，只好把它译成 post house，为了形成韵脚，改成了 House Postal。按照中国古代的习惯，老友异地相逢，分别之时总要痛饮 wine empty。酒尽上马 on horse ready，分道扬镳。借着酒劲，人们往往会心情激动，即使 tears fell，也要 kept turning my head，显得依依不舍。

最后一句译文把"故人稀"写得情真意切。

雪 梅

（宋）卢钺

梅雪争春未肯降，骚人阁笔费评章。

梅须逊雪三分白，雪却输梅一段香。

原诗释义

梅花和雪花都认为自己占尽了春色，谁也不肯服输，诗人放下笔发愁，不知如何评议雪与梅的高下。梅花在晶莹洁白上确实比雪花差三分，雪花却输给梅花一段清香。

卢钺，即卢梅坡，宋朝人，生平事迹不详，存世诗作不多，以两首雪梅诗留名千古。《全宋词》录其《鹊桥仙》等四首作品。《雪梅》是卢梅坡咏物言志的一首七言绝句。诗中认为，梅花和雪花都很美，但是各有特色。只要我们能够发现它们各自的优点，就会看到世界的美好。可以看出诗人对赏雪、赏梅的痴迷和高雅的审美情趣。

译 文

Who is the most charming?
Snow or plum, in spring?
Poets spent a time hard,
trying a judgement smart.

Plum is not as white
as snowflakes bright,
while snow is not as balmy
as the plum bloomy.

翻译心得

所谓"争春"就是看谁能够占尽春色，即 who is the most charming。"未肯降"是难分胜负，翻译的时候用疑问句形式处理，可以达意。"骚人"是诗人，"费评章"说的是难以 spent a time hard 评判 trying a judgement smart。

后面是诗人表达自己的看法，把两者的长处都夸了一番。这里采用 not as…as…的句式，把"逊"和"输"的意思都表达出来了。

雪中偶题

（唐）郑谷

乱飘僧舍茶烟湿，密洒歌楼酒力微。

江上晚来堪画处，渔人披得一蓑归。

原诗释义

雪花胡乱飘洒在寺院中，僧人正在煮茶，到处弥漫着青烟湿气。雪花密密地洒落在歌台酒楼上，楼中喝酒的客人酒力正在微微发作。傍晚来临时，江上水天一线，就像在图画中，打鱼人身披蓑衣，划船回家。

郑谷，唐代诗人，官至都官郎中，人称郑都官。其诗多写景咏物，风格清新通俗。曾与许裳、张乔等唱和往来，号"芳林十哲"。《雪中偶题》是郑谷创作的一首七言绝句。全诗语言通俗，明白如话，选材特色鲜明，饶有深意。特别是"渔人披得一蓑归"一句，极具诗情画意，容易激起读者对美景的想象和向往。

译 文

Over a temple falls snow,
tea boils, aromas grow.
Floors snowy,
drinkers tipsy.

Evening comes as picture,
into sky runs the river.
A fisherman in coir raincoat
paddling home on a boat.

翻译心得

头两句是对雪花的描述，但是也捎带涂画了一些人气。"乱飘"用 falls 很合适。"僧舍"就是庙 temple。"茶烟"在这里可以理解为煮茶的香气 aromas。有了"歌楼"就会有台阶 floors，落上了雪就变得 snowy。而"酒力微"tipsy，说的是醉酒的诗人 drinkers。

后两句是本诗的神来之笔。"堪画处"说的是风景如画，即 as pictures。"水天一色"译成 into sky runs the river，很有动感。"蓑衣"比较本土化，强译成 coir raincoat。"归"是回家，但是渔夫回家一定是 paddling home on a boat，译文想象丰富，增加了美感。

阳关曲·中秋月

（宋）苏轼

暮云收尽溢清寒，银汉无声转玉盘。

此生此夜不长好，明月明年何处看。

原诗释义

　　夜幕降临，云气收尽，天地间充满了清冷的寒气，银河流泻无声，月亮挂在天空，就像玉盘那样洁白晶莹。我这一生中遇到的中秋夜，月光多为风云所掩，很少碰到像今天这样的美景，真是难得啊！可明年的中秋，我又会到何处观赏月亮呢？

　　《阳关曲·中秋月》为苏轼创作的感怀诗。诗人借诗感叹与其胞弟苏辙久别重逢，描述了他们共赏中秋明月的赏心乐事，但是一想到此后就又要分别，明年的这个时候就不知道在哪儿了，心中顿时生出无限哀伤与感慨。

译 文

Clouds gradually disappear,
night became cold and clear.
Milky Way shined no sound,
the moon clean and round.

Not every year this night
could be so fair and bright.
Next year today unaware,
might be here or there?

翻译心得

　　"暮云收尽" clouds gradually disappear, 指的是云散夜晴。"溢清寒"是描述此刻周边事物的情形 cold and clear。"银汉"即银河 Milky Way，"转玉盘"说的是明月当空。

　　后两句表达的是诗人的感叹："此生此夜不长好"，could be so fair and bright，然后担忧"明月明年何处看"，be here or there。最后用疑问形式结束译文，增添了疑惑感。

瑶瑟怨

（唐）温庭筠

冰簟银床梦不成，碧天如水夜云轻。

雁声远过潇湘去，十二楼中月自明。

原诗释义

秋天的夜晚，躺在冰冷的床席上，睡不着，梦难成，深蓝色的夜空平静如水，浮云轻轻飘荡。凄凉的雁声渐行渐远，飞过潇湘，十二楼中夜已深，只有明月洒着寒光。

温庭筠，唐末诗人和词人，工诗，与李商隐齐名，时称"温李"。他的填词艺术也很有名，为"花间派"的首要词人，与韦庄齐名，并称"温韦"。现存词六十余首，后人集有《温飞卿集》及《金奁集》。《瑶瑟怨》是温诗中脍炙人口的名篇。此诗用冰簟、银床、碧空、明月、轻云、雁声、潇湘和月光笼罩下的玉楼，组成了一幅秋夜图，渲染了离怨情绪。虽然没有正面描写女人弹瑟弄琴的文字，但是其幽怨之情表现得很充分。

译 文

Even a cool bamboo mat
saves not a sleep bad.
Sky dark at night,
clouds slow and white.

Swan geese flew further,
remotely the honks disappear.
Only the moon at sight,
over roofs, cold and bright.

翻译心得

"冰簟银床"说的是床的高贵和舒适，但是即使如此 even a cool bamboo mat，主人公也是"梦不成"a sleep bad。这里的译文采用了动词加否定词的表示法 saves not，很有诗的感觉。晚上睡不着，就只好仰望星空了，于是看到了"碧天如水"sky dark at night 和"夜云轻"clouds slow and white。翻译这句的时候，两处景致都做了加译处理，渲染了夜的气氛。

视觉之外，还有听觉，"雁声"honks，"远过"flew further，"潇湘"是具体的地名，如果用拼音翻译，理解起来很困难，所以直接略去，用了一个 disappear。最后一句重点是"月自明"，写的是女人的孤单，就像 the moon, cold and bright。

夜上受降城闻笛

（唐）李益

回乐烽前沙似雪，受降城外月如霜。
不知何处吹芦管，一夜征人尽望乡。

原诗释义

回乐烽前的沙地白得像雪一样，受降城外的月色犹如深秋白霜。不知何处有人吹起凄凉的芦管，所有听到这声音的出征将士，在一夜之间都陷入了思乡之情。

李益，唐代诗人。中唐边塞诗的代表人物。其诗主要描写边塞士卒久戍思归的怨望心情，与盛唐边塞诗的豪迈乐观截然相反。今存《李益集》二卷，《李君虞诗集》二卷。《夜上受降城闻笛》是李益的代表作之一。该诗从多角度描绘了戍边将士浓烈的思乡之情和满心的哀愁之情。这首诗把远处的山、月和近处的芦管、征人融为一体，将乡情、冷意与单调的音乐相结合，让人触景生情。

受降城：唐代名将张仁愿为了防御突厥，在黄河以北筑受降城，分东、中、西三城，故址都在今内蒙古自治区境内。

译 文

Sands before hill
chilly as snow.
Moon in frost low,
cold and pale.

Somewhere, someone
playing flute a man.
Soldiers hearts gone
faraway to hometown.

翻译心得

"回乐烽"是具体名词，为了避免歧义误解，这里采用抽象译法，译成了 hill。"沙似雪"既是说白，也是说冷，因此译成 chilly。同理，"受降城"也是具体名词，这里未做具体处理。"月如霜"依然是情景描述，译成 cold and pale，符合意境。

"不知"是说既不知哪里，也不知何人，译成 somewhere 和 someone，增添了空旷的感觉。"芦管"应该是一种笛子 flute，"征人"即戍边的将士，可译成 soldiers，"尽望乡"就是想念家乡 hometown，人在这里，心在故乡，hearts gone。

夜书所见

（宋）叶绍翁

萧萧梧叶送寒声，江上秋风动客情。

知有儿童挑促织，夜深篱落一灯明。

原诗释义

　　瑟瑟的秋风吹动梧桐树叶，送来阵阵寒意，江上秋风吹来，客居的人不禁思念起自己的家乡。知道是孩子们在捉蟋蟀呢，夜深人静了篱笆下还隐约有一点灯火。

　　叶绍翁，南宋文学家、江湖诗派诗人。诗作语言清新、意境高远。其《游园不值》历来为人们所传诵。这首诗是诗人客居异乡，静夜感秋所作，抒发了羁旅之愁和深挚的思乡之情。

译　文

Falling leaves of parasol tree
voices a cold autumn day.
Wind over the chilly river
arouses nostalgia of a passenger.

A lantern at night by fence
vaguely seen in distance,
tells us local children
is catching cricket wild.

翻译心得

　　"萧萧"表达的是秋天的状态，可以理解为叶落，也可以理解为叶黄。但是既然有了"梧叶"leaves of parasol tree "送寒声"voices a cold autumn day，那就应该是落叶了falling leaves。"动客情"指的是诗人触景生情，动词用 arouses，情当然是 nostalgia。

　　后两句是顺序倒装，应该是先看到灯 a lantern at night，才知道有人 local children。因此在翻译的时候把顺序调整过来了。

夜雨寄北

（唐）李商隐

君问归期未有期，巴山夜雨涨秋池。

何当共剪西窗烛，却话巴山夜雨时。

原诗释义

你问我什么时候回家，我还没有确定的日子，此刻巴山的夜雨淅淅沥沥，雨水已涨满秋天的池塘。什么时候我才能回到家乡，在西窗下我们一边剪烛一边谈心，相互倾诉今晚巴山夜雨中的思念之情。

《夜雨寄北》是李商隐的一首抒情七言绝句。诗人当时旅居异乡巴蜀，这是他写给留在长安的妻子的诗。诗人用朴实无华的文字，写出他对妻子的一片深情，亲切有味。全诗构思新巧，很有意境，语言自然流畅，情节跌宕有致，被后人传诵。

译 文

When will I go home?
I can not answer.
Rainwater filling pond
autumn is near.

I do miss you
my candlelight partner
and the time we sit
by the west window together.

翻译心得

翻译这首诗的时候，把原诗的回信方式处理成了问答形式。"君问归期"即问：When will I go home？答："未有期。"而诗人所处之地巴山的"夜雨涨秋池"实际上是在催促诗人，秋天都快到了 autumn is near。

后两句诗人直抒胸臆，译文也处理得直白。加上一句 I do miss you，把诗意表现得痛快淋漓。盼望着有一天能够"共剪西窗烛"by the west window together，即诗人和爱妻 candlelight partner 在烛光之下的倾心夜话。

伊州歌

（唐）王维

清风明月苦相思，荡子从戎十载馀。

征人去日殷勤嘱，归雁来时数附书。

原诗释义

在清风明月之夜，我非常想念你，在外漂泊的人啊，你从军十多年了。你出征时，我再三嘱咐过你了，当鸿雁南归时，你千万要托它捎封家信回来啊！

《伊州歌》是王维的七言绝句。诗人以回忆的手法，展现出一位女子在秋夜里苦苦思念远征丈夫的情形。后面两句引用当年送别时的具体场面，愈发激起了读者对女人的同情，使得此诗的感染力得到增强，展示出诗人炉火纯青的写诗艺术。

译 文

My love,

I miss you so much,

at a night,

moonlight like such.

My drifter, away years over,

remember the day, closed to your ear?

  "Do send me something

when post comes with a letter."

翻译心得

"清风明月"指的是诗人当时所处的环境，即 a night, moonlight like such。"苦相思"就是"相思苦" I miss you so much。诗人对她思念的夫君有两个称呼"荡子"和"征人"，相应地译成了 love 和 drifter。"去日"应该译成 the day we were parting，这里做了简化处理。"殷勤嘱" closed to your ear 都是在理解诗意之后做出来的意译。诗中的"归雁"可以理解为邮差 post。

忆钱塘江

（宋）李觏

昔年乘醉举归帆，隐隐山前日半衔。
好是满江涵返照，水仙齐著淡红衫。

原诗释义

还记得当年酒醉之后，我借着酒意登上了归家的帆船，两岸青山隐隐，夕阳渐落，美不胜收。最迷人的是夕阳的余晖映照在江水之中，江上波光粼粼，霞光万道的情景，江面上的点点白帆，在夕阳的辉映下，宛若水中的女神们一齐穿上了淡红的衣衫。

李觏，北宋哲学家、思想家、教育家、改革家，一生刻苦自励、奋发向学、勤于著述。他博学通识，不拘泥于汉、唐诸儒的旧说，敢于抒发己见，推理经义，被称为"一时儒宗"。今存《直讲李先生文集》。李觏的这首《忆钱塘江》，用回忆的形式描述了钱塘江美景，加上诗人独特的想象，把当年经历的如诗如画的景色生动地展示了出来。

译 文

Being drunk years ago,
on my way home on boat.
Sunset over hill,
faintly seen still.

Falling with evening glow
came the charm of river flow.
Like fairies the white sails,
dressing up with red tails.

翻译心得

"昔年"没有明确是哪一年，译成约数 years ago。"归帆"展开的意思是"回乡的船" home on boat，"日半衔"是用动作来表达落日的状态，翻译的时候改为介词 over。

下阕中的"好是"应该理解为"最好的是"，用分词引导了一个状语 falling with evening glow，就做到了符合原意。"齐著淡红衫"意译成了 dressing up with red tails，主要是为了照顾韵脚。

饮湖上初晴后雨

（宋）苏轼

水光潋滟晴方好，山色空蒙雨亦奇。

欲把西湖比西子，淡妆浓抹总相宜。

原诗释义

在灿烂阳光的照耀下，西湖水波光粼粼，光彩熠熠，美极了；阴天下雨时，在烟雨之中，西湖周围的群山时隐时现，这朦胧的景色也让人感到非常奇妙。如果把美丽的西湖比作美人西施，那么无论是阴天的淡妆，还是晴天的浓抹，都是那么适宜。

《饮湖上初晴后雨》是苏轼任杭州通判期间写下的组诗作品，有两首，本诗是第二首，民间广为流传。该诗巧用拟人手法，对西湖美景进行了生动形象的描写，表现出了诗人对西湖美景的热爱与赞美。尤其后两句，被普遍认为是对西湖的最美评语。

译 文

West Lake in a sunny day,
ripples blinking, waves shining.
Distance mountains misty,
fog shrouding, drizzles falling.

It is the right time making
the lake a comparison to Xi Si the gorgeous woman.
For enjoying same charm of either a striking beauty,
or the fantastic scenery.

翻译心得

这首诗文字蕴含颇深，用常规的对应译法很难透彻表达诗人原意，因此运用了主句辅句叠加的方式，来递进说明诗人心中的意境。这样翻译的效果很好，但是也有过度英诗格式化之嫌。

不过，如果对英文诗篇有过一定的了解，在朗朗诵读之中，定能品味其中之灵韵，做到爱不释口。

鹦 鹉

（唐）罗隐

莫恨雕笼翠羽残，江南地暖陇西寒。

劝君不用分明语，语得分明出转难。

原诗释义

不要抱怨被主人关在笼子里，也不要痛恨翠绿的毛被剪得残缺不全，这里是江南，气候温暖宜居，而你的陇西老家十分寒冷。劝你还是不要把每一句话都说得那么明白，因为你话讲得越好，主人就越喜欢你，那样的话你就很难从笼子里出来了。

罗隐，唐代诗人。罗隐的诗很有境界，对人生的认识也很深刻，有的句子至今还被传诵，如《自遣》中的"今朝有酒今朝醉，明日愁来明日愁"、《蜂》中的"采得百花成蜜后，为谁辛苦为谁甜"、《筹笔驿》中的"时来天地皆同力，运去英雄不自由"等，将思想和艺术完美地结合起来，达到了极高的水平。他的这首咏物诗，整首诗都是警言警句，以劝解鹦鹉为名目，告诉人们不要多言多语。不同于一般的比兴托物，诗人是借用向鹦鹉说话的形式来吐露自己的心曲，劝鹦鹉实是劝自己。

译 文

Complain not feathers old,

and in here you are hold.

This cage is warmer

than your hometown cold.

Don't make words

direct and clear,

likely to speak

but hard to hear.

翻译心得

"莫恨"就是不要抱怨 complain not，"雕笼"in here you are hold，"翠羽残"feathers old。因为你现在身处"江南地暖"this cage is warmer，而你的故乡"陇西寒"your hometown cold。

不仅如此，你还不要"分明语"make words direct and clear，免得因此"出转难"hard to hear。这里的 hard to hear 是对原诗的转译。

咏 蚕

（唐）蒋贻恭

辛勤得茧不盈筐，灯下缲丝恨更长。

著处不知来处苦，但贪衣上绣鸳鸯。

原诗释义

　　辛苦地养蚕，可收的蚕茧还不满一筐。在油灯下煮蚕抽丝，心中的愤恨比这蚕丝还长。穿绸缎的人不知道养蚕人的苦处，只贪图欣赏衣服上美丽的绣花图案。

　　蒋贻恭，五代后蜀诗人。贻恭能诗，诙谐俚俗，多寓讥讽。因慷慨敢言，不媚世态，数遭流遣。代表作有《咏安仁宰捣蒜》《咏虾蟆》《咏王给事》等，《全唐诗》收录其诗十首。这首诗倾诉了养蚕做丝人的劳苦，反映了底层社会人们的生活不易，揭示了当时社会的不平等现象。

译 文

A yearly cocoon collection
doesn't fill a basket even.
My sighs grow
as silks reel.

Those who wear silk dress
never see the working mess,
only marvel with admiration
the embroidered pattern.

翻译心得

　　第一句实际上说的是一年的养蚕收获少得可怜，因此在翻译的时候加上了 yearly，来强调"不盈筐"的苦楚。第二句中的"恨"不是仇恨，是声声叹息 sighs。

　　"著处"指的是那些穿着绫罗绸缎的人，即 those who wear silk dress，"不知来处苦"理解为没有看过生产的艰辛过程 working mess，"但"是只的意思，即 only。

咏 柳

（唐）贺知章

碧玉妆成一树高，万条垂下绿丝绦。

不知细叶谁裁出，二月春风似剪刀。

原诗释义

高高的柳树上长满了碧玉一样的绿叶，轻柔的柳枝垂下来，就像万条轻轻飘动的绿色丝带。这细细的嫩叶是谁的巧手裁剪出来的呢？原来是二月里温暖的春风，它就像一把灵巧的剪刀。

贺知章，唐代诗人，与张若虚、张旭、包融齐名，并称"吴中四士"。《全唐诗》存诗十九首。《咏柳》是贺知章写的一首著名的咏物诗。这首诗的结构独具匠心，先写对柳树的总体印象，再写柳枝，最后写柳叶，秩序井然。在语言的运用上，不仅立意新奇，而且饱含韵味。用拟人手法刻画春天的美好和大自然的工巧，把春风孕育万物形象地表现出来，烘托出无限的美感。

译 文

A willow tall and slender,
as if made of green jasper.
Branches drooping,
silks trooping.

Who is the busy tailor
shaping leaves like spire?
Breeze in February
plays scissors fairy.

翻译心得

第一句既是比喻又是夸张，可以对称直译。为了照顾韵脚，把碧玉译成 jasper。第二句与第一句效果一样，翻译时在后面加上了 trooping，既押韵又有"万条垂下"的气势。

后两句以拟人的形式发问，既体现了诗人的想象力，又道出了大自然的鬼斧神工。把"细叶"比成 spire 很形象，加上 tailor 就更符合原诗了。而随后加上 fairy 比喻"剪刀"，更活灵活现。

咏绣障

（唐）胡令能

日暮堂前花蕊娇，争拈小笔上床描。

绣成安向春园里，引得黄莺下柳条。

原诗释义

傍晚时分，堂屋前面的花朵开放得鲜艳美丽，女工们拿着描花的彩笔，精心地把花朵描在绷着绣布的绣床上。这些绣上花朵的屏风静静地摆放在春天的花园里，竟引逗得黄莺离开柳条飞了过来。

胡令能，唐代诗人。他的诗语言浅显而构思精巧，生活情趣很浓，现仅存七绝四首。其中《小儿垂钓》的艺术成就丝毫不低于杜牧的《清明》一诗，本书已有译作。他的这首诗赞美了刺绣的巧夺天工，而且因黄莺入画，丰富了诗歌形象，平添了动人的情趣。

译 文

Flowers bloom in twilight,
full of charm and delight.
Failing to resist temptation,
girls pencil the attraction.

Embroidery being complete,
put in a garden of birds tweet.
From the green willow
dives warblers yellow.

翻译心得

用 twilight 来翻译日暮是十分恰当的。"堂前"可以略去，"娇"既有其 charm 又让人感觉到 delight，于是就出现了女孩们"争拈小笔上床描"的 pencil 局面。

上阕与下阕之间的时间跨度比较大，因为"绣成"embroidery being complete 是需要时间的。为了押韵，"春园里"加上了 birds tweet，并不显得荒唐。最后一句"引得黄莺下柳条"语句朴实，读来却惊人。对称处理一下，其中意境，读者自绘。

游园不值

（宋）叶绍翁

应怜屐齿印苍苔，小扣柴扉久不开。

春色满园关不住，一枝红杏出墙来。

原诗释义

也许是园主担心我的木屐踩坏他的青苔，我在轻轻地敲柴门，很久没有人来开。可是这满园的春色毕竟是关不住的，有一枝粉红色的杏花伸出墙头来了。

叶绍翁，南宋文学家、江湖诗派诗人，擅长七言绝句，诗作语言清新、意境高远。他的这首诗形象鲜明，构思奇特。通过把"春色"和"红杏"拟人化，不仅做到了景中含情，而且景中寓理，能引起读者许多联想："春色"是关锁不住的，"红杏"必然要"出墙来"。同样，一切新生的、美好的事物也是封锁不住、禁锢不了的，它必能冲破束缚，蓬勃发展。

译 文

Garden owners might worry
my clogs crush the yard mossy.
Long time of gentle knock
brings no one to open the lock.

Spring charm a too strong vitality
to be kept confined completely.
An apricot bud caught in sight
pops over fence tall and tight.

翻译心得

第一句是在表明园主的态度，"应"表猜测，用 might。"怜"是担心，即 worry。"屐齿"指的是游客的木鞋，译成 clogs 也接近当时的风情。"小扣"即轻轻地敲 gentle knock。"久不开"与第一句意境相呼应。

下阕表达的是诗人的窃喜，因为即使主人不开门，他也看到了春色 spring charm。"满园"理解为生命力旺盛 strong vitality，"关不住"be kept confined completely。最后一句的翻译用 caught in sight 愈发生动，pops 也用得很传神。

雨过山村

（唐）王建

雨里鸡鸣一两家，竹溪村路板桥斜。

妇姑相唤浴蚕去，闲着中庭栀子花。

原诗释义

　　雨中传来鸡鸣，乡村里有一两户人家，乡村的小路两边长满翠竹，跨过小溪的木板桥歪歪斜斜。村里的媳妇和小姑相互召唤着去洗蚕，闲着庭院里的栀子花，因农忙而无人欣赏。

　　王建，唐代诗人。擅长乐府诗，与张籍齐名，世称"张王乐府"。其诗题材广泛，多用比兴、白描、对比等手法，体裁多为七言歌行，语言通俗凝练，富有民歌色彩。他的百首"宫词"，突破了前人抒写宫怨的窠臼，在传统的宫怨之外，广泛描写唐代宫中风物和宫廷生活，是研究唐代宫廷的重要材料。《雨过山村》是王建深受诗迷喜爱与推崇的一首诗。该诗以简练而细腻的笔触，描绘了一幅清新秀丽的山村农忙图景。全诗处处扣住山村特色，融入劳动生活情事，从景写到人，从人写到境，运用新鲜活泼的语言、新鲜生动的意象，描绘出了浓郁的乡土气息。

译文

Summer raining soft and slow,
farm roosters scarcely crow.
On the village path narrow,
a plank bridge goes askew.

Sisters calling each other
to wash silkworms in the river.
Too busy running out of room
to appreciate gardenia bloom.

翻译心得

　　第一句中的雨扩译为 summer raining，有利于读者了解背景。"鸡鸣一两家"译成 scarcely crow，凸显出了乡村气息。"村路"译成 path 可以显出其狭窄，"板桥"用 plank 很贴切。而"斜"用 goes askew 比较生僻，不容易被理解。但是出于押韵的考虑，只好如此。"妇姑"原意指的是姑嫂二人，但是用词太多，显得臃肿，只用了一个 sisters 就代表了。"闲着"是没有时间欣赏的意思，即 too busy to appreciate。

再游玄都观

（唐）刘禹锡

百亩庭中半是苔，桃花净尽菜花开。

种桃道士归何处，前度刘郎今又来。

原诗释义

玄都观偌大的庭院里，有一半长满了青苔，当初盛开的桃花现在已经荡然无存，只有菜花在开放。先前那些辛勤种桃的道士如今哪里去了呢？上回因看题诗而被贬出长安的我——刘禹锡又回来了。

《再游玄都观》是唐代文学家刘禹锡的诗，作于大和二年。前两句写出玄都观经过繁盛以后的荒凉景色。后两句由花事之变迁，写到诗人自己之升沉进退。全诗用比拟的手法，对当时的人物和事件加以讽刺，表现了诗人不屈不挠、乐观向上的坚强意志。

译 文

What a loss!
Half yard covered by moss.
Peach flowers are gone
only cauliflowers around.

The hermit must be free
who planted the peach tree.
Here comes me your old friend
in front of your house I stand.

翻译心得

诗歌的前半部分是对旧地重游的描述。"百亩庭中半是苔" half yard covered by moss，显然说的是该处的荒凉，这里加上的第一句 What a loss！是诗人的慨叹，明确表达了诗人看到眼前这一切时的心情。桃花说的是浪漫，菜花说的是平庸，道出了此地已然被废弃多时的情形。

下阕写诗人寻觅当年的好友种桃道士，用 hermit 一词很是稳妥。"归何处"实为问句，即不知道主人去了哪里。"前度刘郎"指的是诗人自己 me your old friend。"今又来"译成 in front of your house I stand，形象逼真，如临其境。

赠澄江王芸阶先生七绝四首（其三）

（清）丁锡庚

拄笏看山兴不群，西神岚翠落缤纷。

卧游莫道无良友，湖上斜阳岭上云。

原诗释义

　　虽然我身居官位，但也是有自己独特的闲情逸致的，我愿意独自看山，看那雾气蒸腾和落英缤纷的景象。不要以为我这样的游览是一种孤僻的行为，那湖上的落日和岭上的白云，都是我很好的玩伴啊。

　　丁锡庚，无锡人。字柘轩，号意秋。清光绪年间国子生。著有《海棠馆诗稿》。本诗是他的一首雅兴之诗。诗人身居官位，却忙里偷闲地观看山景，道出了他热爱生活、热爱自然的本性。诗人把这种本性在自己的诗篇中流露出来，以此表明心迹，让友人知道自己并没有拘泥于官场之迂腐，而是在追逐生命的真谛。

译　文

My unique personal cheer,

Watching mounts on a scepter.

Vapor in profusion rising,

leaves everywhere falling.

Never any company

in sightseeing my way?

The sun on lake setting,

clouds over ridge floating.

翻译心得

　　"拄笏看山"是一个典故，说的是身居官位却忙里偷闲。翻译的时候采用对应法，用 scepter 这个象征官位的物件来表明诗人身份，虽然精巧，但是有晦涩之嫌。"兴不群"即与众不同，my unique personal cheer。"岚"是雾气，"翠"是落叶。"缤纷"译成 in profusion。

　　"莫道"直译为不要说，翻译的时候处理为疑问句。最后一句作答，把"斜阳"和"云"用分词做定语修饰之后，形成了独立结构。

鸣 谢

王少博 赵 蕾 于 涛 徐鹏飞 毕会英 吴劲昌 郭 蕊 金清一 陈南华 邹昊岩 高 斯
任林凤 王子玲 王致远 郭 建 吴振忠 胡锦山 李广韬 李月君 许益军 王振辉 杨昌清
张 研 国红心 吕 方 刘 晴 刘丽娜 葛唯龙 刘清玉 党纪中 丁少永 白松旭 曹景春
郭继东 隋 丹 张成武 段翠霞 赵南楠 关 雷 岳秀红 汪 薇 杨 蕊 闫西安 赵建华
张明钊 付艳春 陈 莹 赵大伟 刘 丰 陈凤楼 李婷婷 崔越然 谷 城 谷彤坤 刘伊娜
贾中海 焦国伟 杨 涛 田伟光 邱健威 季周峰 王南飞 邵玉波 魏 珊 刘恭民 任红雷
王鸿义 王 枫 黄 驰 高 春 江长河 迟 闯 李蜀川 周延萍 李 岳 李伟伟 余 江
隋德明 章艳乐 曹玉秀 余振远 闫叶飞 谢 晖 Peter C. 张圆圆 赵明辉 杨小华 李伯男
王洪轩 崔祝华 林 欣 陆梦雨 王 哲 王艳素 蒋锦绣 宫知津 陈炳章 李东亮 陈玥删
王 彪 邝焕双 孙 铭 王如鹏 毛睿智 王意宏 田力男 张 凯 乐 乐 姜 岩 王 雷
吴 优 王晓华 刘照俊 吴海棠 唐 勇 孙 越 冬 雪 楚 天 程之江 陈 其 王 享
王海波 开心果 孙传文 巩 雪 高宪国 关海鸥 刘艳春 马 浩 孙 莹 李泽飞 刘明月
刘 心 康 静 李 亭 蒋月香 汪丛梅 薛世平 刘鑫渝 印州乔 关晓飞 孙恩育 唐晓燕
王庆明 马 迎 王 杏 宋启明 王雪竹 王圣平 申玉芹 宋语梅 秦 伟 那 茗 孙 杰
孟 涛 王柏霞 秋草俊 王 玲 任 婷 盛彦厚 孙钰玉 关 晶 籍大伟 李 然 胡 茜
黄 威 卢 莉 郭丽荣 曹颖平 曹东兴 杜 多 迟晋进 白建秀 韩雪莲 国长山 邵小东
杨琳菲 刘进军 高三强 古瑶瑶 乔 阔 王 聪 邵明亮 谭 浩 钱旭亮 罗 丹 王向雄
常湘媛 张 睿 侯雪舞 矫焱鑫 信 子 贾斐然 贺 雪 黄 新 焦文理 丛育初 陈 宁
大黄蜂 笨猫猫 张建武 邵国华 张 召 张竞月 刘秀梅 王 韵 王少军 吴兰兰 郭丹桔
孙世宏 孙老师 刘笑菁 刘光丽 王志红 王大山 徐娇娇 杨 辉 张欣然 张国权 赵云飞
祝小龙 余嫦嫦 章 伟 于守燕 郑 磊 张婉娴 曾治华 赵 原 刘 迪 张鹏龙 胡 婷
杨 雪 王小丹 张国权 崔馨月 林 羽 李嘉雯 包刚正 徐晓俐 李思禹 闫 语 周君泽
陈昭旭 张美竹 张 敏 杨啸远 张 焱 黎洪殷 姚佳明 关伯阑 陈江峰 李净翼 李 剑
范海涛 廉 莲 黄百隆 李 帅 刘 治 刘晓兰 刘思邈 刘凤娣 何华倩 李青霖 赵 玲
林明燕 李文敏 李沅锐 孟 浩 李彦秋 毛雪梅 李 升 李树安 刘 爽 刘 坤 李维光
张 洋 都俊竹 花之冠 黄文伟 王静秋 王金玉 王玺彦 曹春玲 明士义 裴淑萍 朴莲花
王纤纤 邵宇虹 吴依依 王 营 苏娜娜 邹伟东 孙敬陶 翟卉心 顾晓琳 张 辉 齐苗苗
毕惠英 大雪薛阁 一直很安静 抖音粉丝 诸葛文蝉 粉丝贝儿

本书得以出版，全赖上述诸位大力相助，在此深表谢意！